CAVALA

CAVALA

SÉRGIO TAVARES

EDITORA RECORD
RIO DE JANEIRO • SÃO PAULO
2010

CIP-BRASIL. CATALOGAÇÃO-NA-FONTE
SINDICATO NACIONAL DOS EDITORES DE LIVROS, RJ

T228c

Tavares, Sergio

Cavala / Sérgio Tavares. - Rio de Janeiro : Record, 2010.

ISBN 978-85-01-09096-6

1. Conto brasileiro. I. Título.

10-2537.

CDD: 869.93
CDU: 821.134.3(81)-3

Copyright © Sérgio Tavares, 2010

Texto revisado segundo o novo Acordo Ortográfico da Língua Portuguesa.

Todos os direitos reservados.
Proibida a reprodução, no todo ou
em parte, através de quaisquer meios.

Composição de miolo: Abreu's System

Direitos exclusivos desta edição reservados pela
EDITORA RECORD LTDA.
Rua Argentina 171 - Rio de Janeiro, RJ - 20921-380 - Tel: 2585-2000

Impresso no Brasil

ISBN 978-85-01-09096-6

PEDIDOS PELO REEMBOLSO POSTAL
Caixa Postal 23.052 - Rio de Janeiro, RJ - 20922-970

Para as quatro maravilhosas mulheres da minha vida...
elas sabem quem são.

E o mundo se encontra, em sua maior
parte, dividido entre os loucos que se
lembram e os loucos que se esquecem.
Os heróis são poucos.

JAMES BALDWIN, *Giovanni*

cavala

quero dormir, descansar o meu corpo num sono profundo, mas esse quadro não deixa, esse quadro 22x16cm que forma uma sequência abstrata de matizes que flutuam na tela porosa, um trio composto por elementos surreais, pingos, traços e borrões que se atraem e se fundem numa contagem decrescente, menos 23 pinceladas por quadro.

acabo de calcular e multiplico pela área do retângulo, 8.096 tons e subtons vermelhos, amarelos e laranja que forçam o cérebro a decifrar figuras subliminares, uma mariposa?, um precipício?, um rosto doente?, mas isso não importa, o que importa é a moldura e a sua falha fatal, essa desproporção a 1,91m dos meus olhos e a 10,5cm da janela em frente à cama.

a falha, devo dizer, não está na moldura, que fique bem claro, é uma moldura de qualidade, carvalho revestido com verniz que salienta as mínimas fissuras da madeira, três caixilhos com 4cm de espessura e separados 2cm um do outro, proporcionando um perímetro igual a 1.120cm², e aí é que se encontra a falha, na falsa ideia de que existem igualdade e proporção no conjunto das molduras.

veja bem, deixe-me explicar melhor: cada quadro emparelhado naturalmente constitui um ângulo de 90° entre si e em relação ao quadro adjacente, formando ângulos retos. um único quadro, por exemplo, é formado por quatro ângulos retos, ou seja, os encontros de suas arestas são proporcionais entre si, ocasionando uma simetria de 90° com o quadro adjacente, quando estes se encontram alinhados.

acontece que, por influência de uma corrente de vento ou pela mão da gravidade, este quadro do meio, menos 23 pinceladas que o primeiro e mais 23 pinceladas que o terceiro, constituído por pingos, traços e borrões vermelhos, amarelos e laranja, encontra-se em desalinho em relação à linha imaginária que liga seus pares. esse erro, essa falha fatal na moldura inclinada, destrói a disposição natural do retângulo e dos ângulos retos, e me rouba o sono com dor e olhos atados, como se uma lente fluorcarbonada se partisse sobre as córneas.

quero descansar o meu corpo doído, mas estes ângulos agudos, 80°, e obtusos, 100°, não deixam, ficam se inclinando diante dos meus olhos, forçando o meu cérebro a calcular uma forma aritmética ou uma equação que sirva para posicionar o meu pescoço no desvão do erro, uma fórmula que elimine os restos, 0/0.

eu sei, eu sei, você deve estar pensando: por que simplesmente não levanta da cama e ajeita o quadro? não, não, não tenho todo esse tempo para repetir o ritual perfeito que permitiu que eu me aninhasse sob os cobertores para esperar a tão aguardada visita do sono, que me leve o cansaço.

se levanto da cama, tenho de voltar 10 passos exatos até o banheiro, tirar e vestir o pijama, primeiro a perna direita e o braço direito, depois a perna esquerda e o braço esquerdo, fechar o botão da gola e começar a abotoar a blusa de cima para baixo, depois descalçar e calçar as pantufas, primeiro o pé direito, depois o pé esquerdo, abrir o armário, pegar a pasta e a escova e escovar os dentes, primeiro a arcada superior, depois a arcada inferior, lavar e secar a boca, depois guardar a pasta e a escova no armário, fechar e refazer os mesmos 10 passos até a cama, nenhum a mais, nenhum a menos, pois a vida tem de ter um equilíbrio e, para que o meu dia seja bom, ou ao menos para que nada dê errado, todos os fatores têm de se eliminar entre si.

se cometo algum erro, tenho de voltar desde o começo, e isso pode levar horas, mas eu não posso perder 2h42min12seg novamente nesse ritual perfeito, pois o meu corpo anseia o descanso agora, por isso estico e inclino o meu pescoço para que meus olhos se posicionem num ângulo que supra a falha, um travesseiro talvez ajude.

afofo o travesseiro e vergo o pescoço: 1, 2, 3cm, enxergo a rua em frente pela janela, na periferia da minha visão e estou quase lá: 4, 5, 6, 7, 8cm, quase, um pouquinho mais para a esquerda, mais para cima, inclina, agora sim: 9, 10, 11cm, mas o que é isso?!....

algo vermelho? acho que vi algo vermelho passar na rua, algo vermelho em disparada, pelo canto do olho, através da janela, será que é... não, tomara que não!, não, não é, não pode ser, esqueça o quadro, vá dormir, feche os olhos, pronto!... pronto!... não consigo, posso me enganar, mas não engano o meu cérebro, ele sabe o que é: um carro vermelho, foi um carro vermelho que a periferia da minha visão capturou, e agora tenho de me levantar, tenho de levantar da cama, senão algo muito ruim vai acontecer.

um carro vermelho significa que algo muito ruim vai acontecer, como no dia em que tropecei e caí durante um desfile em Milão. eu ainda não conhecia o significado do carro vermelho e, pela manhã, tinha feito uma sessão de fotos para a campanha de um modelo esportivo da Lancia, daí a queda. as primeiras páginas dos jornais e revistas badaladas por comentários sarcásticos e piadinhas de mau gosto foram as minhas primeiras feridas da causa e efeito de ver um carro vermelho, embora ver um carro vermelho tenha a menor das consequências.

há um ranking, uma ordem crescente de assombrar o meu dia, que se expressa da seguinte forma: ver um carro vermelho é sinal de que algo muito ruim vai acontecer, ver dois carros vermelhos é sinal de que algo muito, muito ruim vai acontecer e ver três carros vermelhos é sinal de que algo muito, muito, muito ruim vai acontecer, como no dia em que o meu avô caiu, afundou a testa no chão e sangrou sozinho até a morte.

para impedir que essa sequência se concretize, é preciso ver um carro amarelo logo depois do primeiro carro vermelho ou entre o primeiro e o segundo, pois o amarelo é o único que pode eliminar o vermelho, transformando-o em laranja e recobrando o equilíbrio. portanto, levanto-me da cama e conto 9 passos até a parede, onde paro e ajeito o maldito quadro, a falha fatal que me adiou o descanso, antes de me postar sobre o parapeito da janela e aguardar o carro amarelo que me salve o dia.

observo a rua abaixo com atenção para que sua confluência e os mínimos detalhes abrandem meus anseios, na expectativa de que tudo dê certo. é claro que tudo vai dar certo, por que não daria? logo virá o carro amarelo, despontando pela esquina bem de mansinho e vai piscar os faróis, como quem diz: tudo bem, agora vá descansar para amanhã, seu grande dia!, e impeça que a vontade me domine: 1, 2, 3, 4, 5, 6, 7, 8, 9, 10... e me faça enfiar as unhas na palma da mão até que a lente se parta sobre a córnea.

observo a rua, em vigília, na espera do carro amarelo e me impaciento com a nulidade que se engrossa mansamente, pois, ao contrário de mim, a rua dorme um sono profundo e é possível ouvir o seu chiado, um ronco dócil que percorre as vielas, os paralelepípedos, os prédios residenciais: 12 construções erguidas em 8 andares, 4 apartamentos por andar, 32 janelas acesas e 128 apagadas, 8,5m acima do nível das casas, duas apenas, todas as janelas apagadas, de onde um fio d'água escuro escorre mansamente pela sarjeta, rumo à boca do bueiro, gota a gota, conforme um sino, para mim, uma espécie de contagem regressiva.

a rua flui o seu cansaço pelas calçadas altas, rachaduras e nuvens de vapores sorvidas pela respiração fria que toma o ar e me queima o rosto, endurecido pela espera do carro amarelo que, oxalá, entre por aquela esquina e percorra os 309 passos que me afastam da vontade, o diâmetro da rua pontilhado por postes de luzes de mercúrio a cada 50m, que projetam sobre o asfalto triângulos de sombra: 144m², na minha frente e não consigo evitar: 1, 2, 3, 4, sinto o molhadinho morno na palma, então vejo... luzes?

sim, luzes crescentes: faróis!... são faróis que se movimentam em minha direção, do carro amarelo que veio salvar o meu dia e afastar a vontade. ouço o rom-rom do seu motor, crescente, me dizendo: agora, vá descansar, eles precisam que você esteja bem amanhã, estou quase chegando, e ele está quase chegando, eu já posso vê-lo, avançando lentamente em minha direção, vem!, sim, sim, meu tão esperado carro... não!, não!, não!...

não pode ser, não!, não é.... calma, isso, sente-se no chão e apoie a cabeça entre os joelhos, respire: 1, 2, 3, 4, 5, 6, 7, 8, 9, 10, 11, 12, 13, 14, 15, 16, 17, 18, 19, 20, 21, 22, 23, 24, 25, 26, 27, 28, 29, 30, 31, 32, 33, 34, 35, 36, 37, 38, 39, 40, 41... calma, isso!, respire fundo e tente se levantar, devagar, muito bem!, agora calma, há uma solução para isso. quando dois carros vermelhos passam em seguida, basta apenas que dois carros amarelos passem logo depois, para eliminar a sequência e estabelecer o equilíbrio.

acontece que a cidade dorme seu sono fácil e o ronco dócil é uma cantiga de ninar que embala o descanso dos moradores, 290 caixas de correio neste quarteirão, tornando o cenário uma foto ofuscada pelas sombras ou refúgio para os sonâmbulos: posso me enganar, mas não o meu cérebro. nessas circunstâncias, ele sabe, e eu sei, que a única maneira de se evitar a grande catástrofe do terceiro carro vermelho é contar as placas dos próximos carros para que a soma dos dois primeiros números subtraída pela soma dos dois últimos seja igual a zero: GES [1+3]-[0+4] certa vez me salvou.

desato meu peito do parapeito e volto os mesmos 9 passos até a cama, onde visto o roupão sobre o pijama: primeiro o braço direito, depois o braço esquerdo, e conto 4 passos até a porta do quarto, girando a chave que me parece errada por um instante: meu corpo quer que eu fique, enquanto é vital que eu saia. penosamente, consigo deslocar o ferrolho e o silêncio é tão puro que ouço o metal rilhar no umbral e me alertar com o clique: um agouro, um aviso de que estou abandonando a segurança para me vulnerar no inesperado, onde a vontade se esconde a cada esquina.

abro a porta e conto 6 passos até o topo da escada e desço 13 degraus silenciosos sob as pantufas que calam minha saída, evitando qualquer ruído que chame a atenção dos meus pais e os desperte. se despertam, sei que tentarão me impedir, pois temem que certas coisas se repitam, certas coisas que prefiro esquecer.

estou na rua agora, mas também numa lacuna, não consigo me lembrar de como cheguei até aqui. depois da escada, há um intervalo de passos não contados, uma falha opaca de memória estacionada entre o último degrau e a calçada, que ofusca a verdade de como desativei o mecanismo da porta e obtive a minha furtiva saída: pensar em certas coisas faz com que isso aconteça e me expõe à vontade.

por isso, tenho de limpar da minha mente os pensamentos negativos, contar e lembrar apenas de coisas boas, apesar do medo, apesar da nulidade, apesar do frio que se esgueira pelas brechas das roupas e lambe a pele, endurecendo os seios e soprando fumaça pela boca. divido o meu cérebro em duas partes sistemáticas: uma aritmética e outra emotiva, para que eu possa ao mesmo tempo contar meus passos e lembrar o motivo, enquanto caminho até a esquina: 309 passos inúmeras vezes contados, rumo à rua principal, onde o tráfego é maior e será mais fácil subtrair as placas.

abaixo a cabeça e esqueço os carros vermelhos. desço a rua cinzenta e assombrada, resgatando recordações de Paris, Veneza, Tóquio, hot dogs no Central Park, o novo rosto da moda internacional na capa 27x22cm da *Vogue* americana, prêt-à-porter e a coleção outono/inverno Dolce & Gabbana. os meus dias de top model, da euforia à consagração, base para realçar a proeminência das maçãs do rosto, passarelas, linhas e agulhas, eu me lembro, eu me lembro e agora meus passos são de modelo, estou num desfile ofuscada por flashes: primeiro o pé direito na frente do corpo, depois o pé esquerdo na frente do corpo, postura quase um ballet, cabeça reta, 46, 47, 48, 49, 50, 51, 52...

passagens de avião, dormir em Praga e acordar em Madri, jejuar em Midwest e jantar em Londres, as intermináveis festas: Moët & Chandon, puffs de caviar, love drugs e cocaína, eu me lembro. depois a volta para o Brasil, férias no nordeste, rever os amigos, carnaval, então o convite para a primeira novela, uma participação rápida: a crítica aplaudiu, então o convite para posar nua, eu era muito nova: a crítica chiou. mas a novela seguinte foi um sucesso e, nesse mesmo ano, fui eleita sex symbol, você deve se recordar de mim, talvez do meu sobrenome basco?

estive em todos os programas de auditório e mesas de entrevistas, fiz dezenas de comerciais de tudo o que precisava ser vendido, doado ou perdido, associei o meu sorriso a uma linha de cosméticos e, com eles, saí em milhares, milhões de capas de revistas e jornais, acusada de qualquer romance forjado para levantar carreira de atores medíocres, nenhum deles real: meu verdadeiro amor descobri com o teatro.

fiz Shakespeare, Beckett, um monólogo baseado em transições de poemas de Neruda, off-Broadway, ganhei dois prêmios, abandonei de vez as passarelas, estava feliz, até o dia que acordei com a vontade e ela nunca mais se foi. foram os convites, os grandes papéis, a jovialidade, os amigos, o grande amor... não, não, espere um pouco, esse não é mais um pensamento bom, não, não é, me deixe recuperar o fio da meada... aí eu fiz... então eu... aí... 222, 223, 224, 225, 226, 227, 228, 229, 230, 231, 232... me curvo contra o vento frio que escala as costas, estou quase chegando.

a esquina está ali e, embora não consiga evitar o torvelinho de dissidências, mantenho a parte aritmética do meu cérebro provendo a contagem: 271, 272, 273... e meus passos perfeitos, calculados num Teorema de Rolle que zera a evolução da distância deixada para trás, à margem da minha sombra perseguida por fantasmas e anseios, nesta rua despovoada de carros, semáforos, policiais, cachorros e crianças, sem zigue-zague, vaivém, blá-blá-blá, zum-zum-zum, só o frio e o cinza. penso no cinza.

deixo-o emplastar a zona emotiva do meu cérebro, como uma fotografia que precisa ser monocromática para revelar belezas invisíveis. o cinza tem esse poder. você já viu um arco-íris? o arco-íris é branco. todos acham que o arco-íris é a combinação de bandas de cores, mas é branco. a soma de todas as cores, ao contrário do preto, que é a ausência de todas elas. o cinza é o equilíbrio. o meio-termo entre o tudo e o nada, o denominador que vai se tornando mais escuro ou mais claro à medida que quisermos eliminar o preto ou o branco, 0/0.

enredo-me em divagações cinzentas, em recordações em que a cor recupera um pensamento bom e, de repente, estou presa a uma cama de ferro, num cubículo sem janela, de paredes chumbo e um valium dissolvendo sob a língua. sou eu... espere... vejo pés atados por correias que rilham nas braçadeiras cinzentas da cama: pés pontudos, de dedos rugosos e unhas arroxeadas... sou eu?... sim, talvez... espere... são meus pés e meus braços também presos, perfurados por buraquinhos negros de agulha...

sou eu, sim, e estou de volta à clínica, esse pensamento me trouxe de volta aos dias, talvez semanas, talvez meses na clínica, nesse quarto todo-cinza, onde tento me libertar e grito, mas ninguém ouve e a vontade está sentada na beira da cama, rindo das minhas tentativas frustradas... sim, sou eu, mas espere!, esse não é um pensamento bom: esse é o pior de todos e tenho de repará-lo com a contagem, deixar que a parte aritmética do meu cérebro me proteja e me assegure com os números leais, para que eu possa respirar e congelar um pensamento bom: 293, 294, 295, 296...

respiro e o ar frio arranha minhas vias aéreas no caminho até os pulmões como se sorvesse pó de vidro, tusso, aperto os olhos para espremer as lágrimas que empoçam nas pálpebras e a visão afogada é a verdade sobre o cinza e tudo de bom que eu fui. ali, na passarela inundada por uma chuva artificial que se projeta na minha mente, foi o começo de tudo: da carreira artística, das canções do Chico e do grande amor.

a chuva artificial, lembro [por favor, congele esse pensamento], refrescava o dia quente e eu estava exausta, pois tinha feito vários desfiles seguidos só com uma taça de champagne e duas bolinhas no estômago, e já pensava em cancelar o último, ir para o quarto do hotel e relaxar em sais e ice, mas a minha agente acabou me convencendo de que este tipo de atitude e a sorte de algum paparazzo não seriam nada, nada boas para a minha carreira e imagem. Santa Marina!

era uma coleção outono/inverno de sapatos da Gianfranco Ferre, que conseguiu juntar o crème de la crème das tops, vestida apenas de sobretudo preto, chapéu de feltro e equilibrando um guarda-chuva de mesma cor. uma luz turquesa tingia o falso aguaceiro que caía sobre a passarela, criando um clima noir dos romances de Chandler onde fazíamos o tipo femme fatale, desafiando a intempérie com nossos sapatos cinza.

o desfile, é claro, foi um sucesso – você deve se lembrar de mim: a minha foto foi a escolhida para representar a grife na campanha internacional, saí na capa de revistas e jornais. o sucesso foi tão grande que, ao fim, uma mulher linda entrou no camarim e se apresentou como produtora de televisão, me convidando para fazer uma pequena participação num comercial.

Marina me abraçou e, a partir daí, minha vida se tornou um quebra-cabeça onde [eu acreditava] cada trabalho era uma peça rumo à completude da felicidade, onde a sucessão de acertos estava interligada à importância daquela mulher para mim: de produtora a empresária, de empresária a amiga, de amiga a grande amor.

se estava certa? bem, agora sei que pelo menos esta parte os últimos dias não conseguiram extinguir. hoje cedo, ela me ligou: depois de 2 anos, 4 meses, 11 dias e 8 horas, ela me ligou e ouvir sua voz foi como abraçar os joelhos na beira da praia e esperar que a onda quebre sobre a cabeça. ela disse olá e o silêncio, quis saber como eu estava e os enredos da vida, os instantâneos que não amareleceram ou se perderam depois de tudo.

conversamos por 12min19seg. ela falou na maior parte do tempo e eu apenas costurei os fins das frases com hum-huns, que foram suficientes até quando ela perguntou se eu não gostaria de voltar a trabalhar. me ofereceu o papel da irmã da protagonista da próxima novela das seis, um papel menor de coadjuvante, mas é assim mesmo: uma nova vida se constrói com pequenos reparos.

aceitei e me preparei para ter um dia muito, muito, muito bom, mas aquele quadro 22x16cm não permitiu o meu sono fácil e as consequências da sua falha fatal me trouxeram até aqui, nesta rua de nulidade e assombros, à procura da fórmula que elimine o significado dos carros vermelhos e recobre o equilíbrio numa equação que não deixe restos, 0/0. quero minha vida de volta, quero este papel: afastar a vontade e seu arco-íris branco com um pote de fluvoxamina no final.

chego à esquina e fico feliz comigo mesma pelos 309 passos perfeitos, pelo ruído da volátil massa automotora que passa zunindo pela rua principal, um aglomerado de fumaça e centelhas. a essa hora, o tráfego é daqueles que querem voltar logo ou nunca mais, do sono e do medo, mas não me importo: fico feliz com o fluxo, pois onde há veículos, há placas para contar e evitar a catástrofe do terceiro carro vermelho.

sem o motivo, entretanto, uma olhada mais apurada me arrebata com um pensamento imperfeito, um baque provocado pela multiplicação dos meus fantasmas. estou fora da casa, como há muito tempo, sem companhia. aqui na esquina, 309 passos distante e sem proteção. o que fazer?... 301, 302... calma, agora preciso dar o primeiro passo: primeiro o pé... 303... pisco, o que está acontecendo? pisco, espremendo a brisa que me arde os olhos, não posso deixar acontecer, pisco, não posso deixar que a verdade à minha frente me acerte em cheio e quebre dentro de mim a parte que suporta a intenção.

pisco e pisco, respiro fundo e trago um ar que me é estranho, imundo e viciado, um gosto decomposto que contamina meus movimentos com uma paralisia perniciosa, um veneno que faz mal para as pernas e elas endurecem. não consigo me mexer, não consigo estimular a parte aritmética ou qualquer pedaço, traço ou desvão do meu cérebro que grite que é preciso seguir em frente, e sou vítima fácil para o vento que me afla o roupão, inflando uma cauda branca e felpuda: parte de mim contra mim mesma e os fios de cabelo serrilhando a testa e os olhos que piscam e piscam.

aqui é a esquina, mas também é a fronteira, o limite do meu domínio, essa rua que se deita todos os dias diante da janela do meu quarto: 309 passos que conto quando tento acreditar que ainda posso e saio em busca de redenção, embora seja sempre a resignação que me sirva e me preencha de culpa, tragédia, desistência e vontade, não a vontade, mas vontade de voltar correndo para o meu quarto e fugir de tudo o que sinto que se esconde agora nessa distância.

a visão da distância entre a esquina e a rua principal: isso que me arrebata. esse mundo desconhecido no qual não quero me aventurar, esse caminho onde a escuridão se reproduz em pequenas poças, grossas sombras, e a incerteza, a incerteza de proteção onde o cinza amadurece para o preto: o preto que destrói o equilíbrio, que é a ausência das cores e o reduto do que não quer ser visto.

o meu corpo não quer enfrentar o invisível, perder-se nesses ângulos que são indícios de um abismo, ardis cujo propósito é me fazer acreditar que serei bem-aventurada nessa linha tênue que separa ambição e derrota. não, não serei. se caio, posso desaparecer, ser consumida pelas trevas, ou pior: me infeccionar nessa camada cancerosa que emplasta e corrói esta via de acesso decrépita e sombria, a interseção entre a esquina e a rua principal, coberta por um arco, um viaduto.

penso em merda quando olho o viaduto, merda marrom e fresca. o que não é nada, nada bom, pois percebo que meu cérebro começa a se contaminar com aflições e a estimular associações negativas. ter um pensamento bom ou ruim [por favor, não quero ter um pensamento ruim!] está essencialmente ligado a fatos pregressos, combinações dissociativas que se costuram às representações externas e internas: metáforas, analogias e suposições para compor essa trama lógica, cronológica e aritmética que sou eu pensando, o meu cérebro pronto, salvo da vontade.

quando penso em algo muito, muito ruim, como merda marrom e fresca, é sinal que estão caindo os anteparos que sustentam minhas certezas, a faculdade que não me deixa fazer associações prejudiciais à integridade do meu eu, o controle do meu cérebro que antes só era possível com medicamentos fortes.

tenho de recuperar o motivo que me trouxe até aqui, mesmo que seja um anseio, e assimilar este ranço almiscarado de fezes, urina e fermentação emplastado ao longo deste viaduto como um fedor qualquer, que embora me embrulhe de náuseas, não seja daquele banheiro quando distraidamente toquei... não, não se lembre disso agora... congele um pensamento bom... pense, pense... nas possibilidades, por favor...

sim, tenho de pensar em possibilidades que revigorem minha motivação, no cálculo para cancelar o significado dos carros vermelhos, conseguir este papel e reconquistar tudo o que foi perdido. tenho de amparar meu ânimo às possibilidades, dissuadir meu corpo a acreditar nas inclinações que meu cérebro apresenta como as mais pertinentes: mesmo que seja um paliativo, um placebo, mesmo que seja o logro que faz com que 6,5 bilhões de pessoas não se sentem no chão de suas casas, nas ruas ou nas autoestradas e esperem a fome e a sede trazerem um silencioso fim.

como é terrível lutar contra si mesmo! ser um inteiro constituído de duas metades com tendência a se subtraírem a qualquer momento em que viver se torne uma ameaça. sim, eu sei, é uma forma horrível de se autorreconhecer, mas não consigo evitar. por mais que eu tente, não consigo evitar! há uma maldade deliberada oculta nessas intimidades sombrias que me destrói aos poucos, na paciência da doença que se faz aterradora em silêncios e compulsões. sem isso, sou o vazio, vulnerável e apática, propícia a pensamentos imperfeitos: daí o doutor ter me dado o caderno na primeira vez que fui levada à clínica [não a clínica da cama com braçadeiras de ferro, mas a primeira clínica que lembro como entrei e saí].

o doutor... como era mesmo o nome dele?... Netto... é, isso... o doutor Joaquim do Rego Netto estava sentado atrás de sua escrivaninha de madeira que cheirava a pinho, naquele consultório-relicário de mortas recordações e penumbras, e tirou de uma gaveta um caderno: 21x14cm, 36 pautas de 0,5mm de largura por página, brochura e capa verde, pousando-o à minha frente.

disse que me ajudaria a dominar pensamentos ruins e vontades, que eu poderia preencher o branco daquelas páginas com os impulsos da minha mente: um diário de boas lembranças, pequenas considerações e roteiros para felicidades futuras.

porém, eu nunca tive um diário, sequer uma agenda de endereços: sempre achei que a escrita pertencia aos loucos, então comecei a numerar as margens em ordem crescente, decrescente, prima, fracionária, decimal, exponencial, romana, ímpares, pares, múltiplos, divisores, expressões, equações, teoremas, fórmulas, problemas, variações e toda sequência ou composição que cansasse os dedos e sucumbisse o ócio à exaustão.

numerar me completava com um certo deslocamento, uma segurança acrescida de ânimo, pois os números são sinceros e compassíveis: não há truques entre eles, eles são o que são. e com o tempo, aquelas páginas, aquele caderno se tornaram a minha bússola, a bula que trazia indicações [elaborações] salutares para o meu dia, um processo reconfortante empenhado por um simples mecanismo: numerar – contar e desvendar respostas para equações inventadas ou curiosidades em geral.

você sabe quantos ossos nós temos na mão? quantos passos são necessários para se chegar à Lua? quantas vezes uma pessoa normal pode piscar num dia? eu sei, está tudo no caderno. todas as respostas necessárias para garantir a harmonia e alimentar essa rotina de horas a fio em busca da origem e do destino dos números, esse horizonte de fascínios onde nunca me perco, onde quero me aventurar e tramar toda a ordem possível, um tear numérico que pode revelar um triângulo, um círculo, a soma da área dos dois: todo o espaço disponível para a disciplina elementar.

certa vez, acordei e não conseguia encontrar o caderno. revirava tudo e os lençóis e não conseguia encontrá-lo. os movimentos bruscos começaram a me esgotar e, sem as páginas para me dizer o que pensar, fui ficando tonta: mareando meus olhos em imagens afogadas que me dobravam e vomitei.

lembro que era só gosma, uma espuma amarelada e amarga sendo chupada pelo carpete já que eu não comia havia... algumas horas?, mas que me trouxera um alívio tremendo, uma clareza mental inigualável que, segundos depois, me permitiu encontrar o caderno logo ali. depois disso, comecei a vomitar muito. vomitava para obter descanso, me sentir tranquila, evitar que qualquer mal me atingisse e que essa borra de pensamentos imperfeitos e anseios se avolumasse e ganhasse corpo – o meu corpo.

vomitar passou a ser, gradualmente, uma fuga: o porto seguro onde mantinha meu espírito, recuperava a calma, a paz: onde me recompunha. eis uma nova questão: você sabe quantas vezes uma pessoa normal pode vomitar num dia? eu sei. está tudo no caderno: uma contagem cifrada, mimetizada entre ordens numéricas, das vezes em que forçava o estômago e me provia dessa sensação gostosa de conforto, mesmo que fosse apenas a gosma amarela, fios de baba ou bile, apenas a ardência do vazio.

às vezes, estava tão fraca que nem conseguia anotar. o lápis amolecia entre meus dedos e... não sei: me sentia muito fraca, num estado permanente de flutuação, mas a sensação de limpeza me confortava, embora soubesse que deveria ser bem ordenado para continuar invisível para meus pais.

acontece que erros são fáceis e, um dia, acordei com o braço espetado e envolta numa cama de névoa. ouvia vozes sufocadas ao meu redor: sussurros, pedaços de gente que se vaporizavam e o contorno de uma mão morna que pousou na minha testa, enquanto o teto minguava em cílios luminosos, apagando-se num traço amarelecido.

quando despertei novamente, já estava de volta ao meu quarto. aos poucos, descobri que tinha sido levada a uma clínica [não a clínica do doutor Joaquim do Rego Netto, nem a clínica da cama com braçadeiras de ferro, mas uma clínica de recuperação] para ganhar peso e evitar consequências trágicas.

o caderno havia desaparecido e, daquele momento em diante, minha mãe passaria todo o tempo ao meu lado, regulando meu sono, minha alimentação, administrando meus remédios, minhas idas ao banheiro, controlando o tempo que eu gastava para me vestir e o tempo que eu insistia em ficar em casa.

convivi com o silêncio nesses dias, aprendi a escutá-lo e aceitar os conselhos para suportar a ausência do caderno. o caderno é o seu cérebro, ele disse: não foi para isso que o doutor lhe entregou aquelas páginas vazias? aprendi a consultá-lo e os números anotados nas bordas, fendas entre as páginas – fazer a contagem e solucionar equações, desenhar um triângulo isósceles e desvendar a solução de um teorema.

com minha mãe ao meu lado, vivi um período de falsa calmaria em que me esgotava em pensamentos. contudo, sabia que se me visse diante da vontade ou de um momento de urgência, poderia recorrer à verdadeira calmaria, fugir para o meu porto seguro de alívio e satisfação. engraçado pensar nisso agora, quando estou defronte dessa distância que me arrebata, essa beira de abismo que me acena a glória, onde não posso enxergar meus passos, onde posso cair e sucumbir ao assombro dos carros vermelhos.

agacho e me curvo, amparando os seios e pressionando o estômago com os cotovelos. penso no número 8, um imenso número 8 que acende e apaga, que espirala freneticamente, um inseto involuto que rodopia, um turbilhão deles, rodopiando, sendo sugados com voragem, desaparecendo num redemoinho que me aviva o refluxo, a fervura interior que vai transbordar, explodir numa erupção que me impulsiona para baixo e entorno a aflição entre meus pés, áspera e cáustica, o tempo em que o vento me sobe pelas costas e insufla a asa branca e felpuda: o nascimento de um anjo, sou eu.

a serenidade sou eu. quando termino e me reergo, sinto-a semear dentro de mim essa sensação plena de leveza que me permite a invulnerabilidade, a clareza necessária para fazer o que quero: perfazer a distância entre a esquina e a rua principal, mesmo que borbotada pela escuridão, o invisível que acolhe ameaças.

estou livre de todas elas, agora. elevada a esse estado de flutuação que alivia meus músculos e insufla as minhas pernas, pairando sobre o chão coberto de imundície que não toca os meus pés, a minha carne salva de qualquer contaminação que faça abrolhar um câncer. às vezes, toca as pantufas, sei que toca – mas não me importo. todo revés que me cerca é anulado por essa camada que me protege, essa serenidade que evita aflições de qualquer espécie.

não me importo por não saber de quantos passos se faz o caminho, do silêncio marcado por um tom gradual de tensão, não me importo com o cheiro de urina, porra e coisa suja, com o fervor almiscarado de merda, não me importo em ter que cruzar algumas poças de arco-íris de gasolina e com os desvãos que brotam nos ângulos retos das colunas que sustentam o viaduto: valhacoutos de sombras que abrigam gestos turvos e vultos, feito carpas nadando numa lagoa negra.

sigo em frente e, anjo que sou, abro minhas asas e me aprumo, ganho impulso no vento que penteia os meus cabelos para trás e permite verificar o que me cerca, mesmo que tosco, mesmo que por débeis luzes de sódio envolvidas de insetos, esse meio de caminho costurado por pequenas bifurcações adjacentes: 3m de ruelas oblíquas e carcomidas, em forma de W.

estou no centro, onde desembocam, embaixo da parte do viaduto que me separa da rua principal: um arco de concreto manchado e com infiltrações que cobre a palma da minha mão inteira quando meto-a sobre os olhos e descubro que, convertendo em metros o tamanho que palmeio, 7cm de uma ponta a outra – isso é o viaduto, minha mão.

devo admitir: não seria fácil com o medo e os anseios, mas o que são para mim agora? sentimentos embotados que não me atingem, imprecisos burburinhos, grunhidos que rastejam dos brotos de breu vistosos nas colunas que, embora me acompanhem, logo sucumbem aos ruídos automotores que reverberam adiante... aqui... já.

aqui já consigo visualizar os formatos dos carros, ao invés da massa volátil de fumaça e centelhas, passando em disparada e afundando no desconhecido, quadro a quadro, um quadro minguante que traz o código da minha salvação e que preciso desvendar antes que desapareça.

preciso encontrar o significado cifrado nesse código, no subtrair das placas, pois os números que se zeram são os números que me darão a liberdade, o fim dos pensamentos imperfeitos, o descanso de que necessito para ter um dia muito, muito, muito bom. tenho certeza de que o equilíbrio está nas placas: tão certo como uma equação que só pode ter um resultado, por mais que se mude a ordem dos fatores, 0/0.

o passado me garante que estarei bem através de recordações, luminosas recordações das vezes em que fui salva e, principalmente, da origem dessa fórmula mágica. foi Samanta quem me ensinou. lembro que fazíamos nossa primeira viagem juntas: a viagem que havíamos programado tanto tempo antes e que seria apenas nós duas, um carro e a estrada. ela havia alugado um conversível e o sol laranja que tremia no horizonte era nosso destino, deixando para trás a cidade de pedra que se apequenava no retrovisor e nos reflexos prateados e esmorecidos dos óculos escuros.

soprava uma brisa morna que enrolava os nossos cabelos e, preso entre os dedos do meu pé sobre o painel, um cata-vento de papel comprado num menino de beira de rua fulgurava suas cores giratórias, amarelo e vermelho, mansamente. não ligamos o rádio um instante sequer, não queríamos saber de nada e do mundo. nos importava apenas o conforto da presença, as mãos que se cabiam e a ternura de um beijo na testa sobre o ombro. num momento qualquer, ela sugeriu: "Subtraia as placas dos carros. Se o resultado der zero, estou certa de que acharemos um ótimo lugar para pararmos."

os três primeiros carros à nossa frente eram carros vermelhos que deixavam restos absurdos, mas logo em seguida um carro amarelo nos cortou à esquerda e diminuiu à nossa frente, como a materialização de uma prece: a entrega de um pedido tão perfeito quanto esfuziante. eu sabia que iríamos encontrar o lugar e, após uma curva fechada, o cenário repentinamente se transmutou para uma tela de matizes verdes, se alastrando pelos montes e exalando um cheiro adocicado de vida.

mais adiante, estacionamos o conversível e nos misturamos à mata de árvores delgadas e vaidosas, seguindo as pistas das flores amarelinhas que despencavam de suas copas – tão frágeis que mal aguentavam o peso dos pássaros – até encontrarmos uma clareira revestida de grama felpuda, um tapete.

ali sentamos e, da cesta de piquenique que Samanta trouxera, nos fartamos de comida e expressões, gestos e conversas tolas, coisas nossas e vícios adquiridos com a convivência, sob o céu azul que irradiava a quentura do ar morno que nos amolecia, hipnotizadas pela cacofonia de cantos, assovios e farfalhas carregados por uma brisa pequena.

ficamos em silêncio por longas horas. Samanta, deitada com a cabeça apoiada nas minhas pernas, cochilava docemente, chupando o polegar da mão direita, entre bocejos e mansa respiração, enquanto eu contornava com o indicador o seu rosto lindo e anguloso, circulando as mechas douradas dos seus cabelos esparramados sobre mim feito um ramalhete de crisântemos.

à tarde, nos abraçamos, assistindo ao sol se pôr e, com um brilho próprio nos olhos, ela trouxe o meu rosto e me beijou com carinho, sussurrando eu te amo por entre nossos lábios colados, me apertando e nos deitando, nos despindo e deixando nossos corpos se reconhecerem, se encontrarem sem sexo, apenas sentindo o calor que encrespava a pele, e a harmonia que nos fazia uma única carne, um único desejo.

espero resgatar essa sensação com as placas: essa paz tão aguardada que chegue logo e fique [primeiro para que eu possa me livrar dos fantasmas que me cobram e descansar o meu corpo doído, e depois para ligar para Samanta e avisar: eu consegui!, e não apenas hum-huns nos fins das frases, eu consegui!, venha me abraçar, vamos sair para celebrar a minha volta, a nossa volta, pois ainda te amo, e isso sei que aqueles dias não conseguiram definhar, e não se preocupe se esqueceu de me amar, pois eu me lembro: deite a cabeça nas minhas pernas que você vai ver, me dê um beijo].

...e fecho os olhos para sentir o beijo soprado pelo vento, o vento que me apruma e me faz flutuar rumo à solução dessa equação sobre o abismo, mesmo que carregado de poeira e fumaça de combustível, esse é o vento dos carros que passam e eu sinto a fricção dos pneus, zunindo e escapando de mim, mas não me importo, se passam dois, logo virão quatro e, antes do três, os números irão se zerar, eu sei, eu sou a serenidade e abro os olhos bem devagarzinho e acompanho, quadro a quadro, os carros se afastando enquanto decifro os códigos: KOG 6562, não... GNB 0401, não... JRS 0201, quase... e o processo se mantém no toque da escuridão que vai desabrochando pontinhos luminosos que vêm em disparada, se avolumando e dividindo-se em dois, quanto mais se aproxima de mim a subtração perfeita e...

de repente um cheiro decomposto me vem pelas costas, condensando-se num corpo que se expande abruptamente, me encurralando, e eu, sufocada, não consigo mais ater minha atenção às placas e giro meu pescoço a contragosto e, nesse movimento ingênuo no qual me desprendo da camada protetora, o que vejo me acerta com um golpe contundente, um horror incomparável que me desnorteia e me curvo ante a descarga de aflições que me paralisa e caio, anjo que sou agora, amputado, caio sem minhas asas, em pedaços que voam para longe, soprados pelo vento que desfaz a minha invulnerabilidade, enquanto os anseios me devoram e desovam pensamentos imperfeitos.

estou confusa, apavorada, tento organizar qualquer parte do meu cérebro que me permita uma reação: um estímulo sequer, mas esse torvelinho que me devasta o juízo me institui a desordem, rasgando ideias e impulsos coerentes e, tonta, frágil, tenho de me amparar nas grades de contenção que ladeiam a rua principal, me apertando e me esquivando dessa coisa que rasteja na minha direção.

ela avança sorrateira, me queimando de medo e, mortificada, minha visão captura no viés dos olhos a sua imagem massuda e disforme se livrando de camadas de sombras, como se arrancasse uma casca grotesca para mostrar uma anatomia comum, porém hedionda. a coisa fede a lixo: uma mistura de dejetos e lixos acumulados à margem de ruas, becos e viadutos, voltando para nós somente quando passamos à contravontade.

ela, ao contrário, vem a favor da vontade: esse emaranhado de pensamentos ruins e anseios que me impulsionam a fazer o que não quero, em momentos que se repetem e se repetem até extinguir toda a minha força e eu não conseguir mais me mexer. nessas horas, tendo a chorar baixinho para evitar o cansaço que vai se acumulando e me apaga. quando acordo, geralmente não sei onde estou ou como me feri.

não é, de maneira alguma, igual a esse choro que me lava o rosto agora, quando consigo descobrir as configurações do seu rosto repulsivo e a intenção nos seus olhos inchados e amolecidos. choro porque não consigo reagir, libertar minhas pernas da paralisia que impede que eu fuja dessa mão coberta por crostas de lama que entra pelas unhas e vãos dos dedos amarrados em trapos e barbantes, apontando para mim.

ela não pode me tocar: Deus, não! se me toca, vai me infectar com as piores doenças: câncer, lepra, aids, ebola — vai me obrigar a tomar a medida que foi necessária naquela vez em que me tocaram na rua. você sabe quanto tempo o vírus do ebola leva para se replicar no corpo humano? eu sei. por isso, me aperto contra a grade, me encolhendo e me esquivando da aproximação prejudicada pelos pés doentes cobertos por ataduras sujas de iodo, que mancha as várias camadas de trapos que lhe protegem o corpo curvo e macilento, tatuado de mágoas e abscessos.

apenas a cabeça é rígida: uma escultura encoberta por uma vasta cabeleira sebosa e desgrenhada, que se funde à barba salpicada por migalhas amarelas daquele troço que mastiga. a coisa me abana uma mão, pois a outra está ocupada em levar aquilo à boca: um pedaço de pão?, um naco de carne?, não consigo identificar, mas também não me atento: minha única preocupação é evitar o toque, que agora quase me pega o rosto.

certa vez, quando eu ainda acreditava que podia ir até a esquina, um desses velhos que andam olhando para baixo, com um saco na mão, procurando latinhas, tropeçou no meio-fio e tocou no meu pulso. no mesmo instante, senti a pele se embolotar e uma ardência se infiltrar por debaixo dos poros iniciando a propagação do vírus.

então cravei as unhas no braço e rasguei uns 3cm acima do local do contágio, espremendo as veias até expurgar o mal contido no sangue, enquanto corria de volta para o quarto e me embolava nos lençóis. fiquei lá por uns... dois dias, sentindo aquela sensação gostosa de limpeza escorrendo pela abertura, uma carícia que foi me embalando e pousando sobre minhas pálpebras uma escuridão crescente.

quando ela se foi e o seu peso, meus olhos despertaram magoados e viscosos, reincidindo a mesma visão afetada por um cansaço que me era estranho, uma lassidão que percebi estar relacionada à química que derretia sob a minha língua e me condenava à visão do mesmo ângulo, unindo paredes chumbo que constituíam um cubículo sem janela. como não me lembrava de ter estado ali, tentei me levantar, mas o meu corpo estava moído e reclamava dores nas dobraduras dos braços e das pernas, resistindo ao meu comando com rangidos que, por insistência, me atraíram às correias atreladas às braçadeiras cinzentas da cama de ferro.

elas tensionavam quando eu me mexia, rilhando num tom de censura; revertendo meus esforços contra minhas costas no estrado saliente e pressionando meus seios nas vezes em que inclinava o pescoço e só conseguia vislumbrar o relevo dos meus pés arroxeados e uma colônia de pontinhos enegrecidos no meu braço.

foi nesse exercício de intenção que me descobri encarcerada: amarrada como uma besta inconsequente, um animal selvagem que desconhece o motivo de estar capturado e começa a urrar. urrei com o ar arenoso que me restava nos pulmões, urrei até engolfar a voz, urrei até meus gritos sufocarem o cubículo e atraírem dois enfermeiros que me abafaram e injetaram em mim um estado de apatia, que converteu em sonolência toda a tentativa de compreender o que acontecia ao redor no tempo em que fiquei ali.

fiquei ali [naquela clínica de quarto todo-cinza] alguns dias, talvez semanas, talvez meses, flutuando entre luzes estroboscópicas e vozes tubulares, aproveitando-me dos intervalos em que a solução espetada no braço era trocada para encontrar alguém que me desse uma explicação ou um simples alento.

uma vez, parece que ouvi uma voz doce sussurrar para mim: "Estou indo, meu amor. E quando voltar, espero que esteja pronta"; outras vezes, entretanto, a maioria delas, sentia apenas a vontade à beira da cama, rindo das minhas tentativas frustradas e passando a unha no tecido do fino colchão. a vontade desfiava a fragilidade no contorno do meu corpo, me avisando que os momentos em que não consigo superar adversidades são aqueles em que fareja ocasiões em mim para depositar seus anseios.

por isso, tenho certeza de que acertei quando rasguei meu pulso e eliminei o contágio, e sei que o farei outra vez se a coisa me tocar. mas não vai: não... não. consigo me defender bem de suas investidas, embora a letargia nas pernas me prejudique muito [e muito me aflija], me apoiando na grade e deslizando minhas costas numa velocidade superior ao hesitar de seus pés doentes e enfaixados.

a coisa parece estar sofrendo – agora que acabou de mastigar aquele troço amarelo, consigo ver que contrai o rosto a cada passo – contudo a dor não diminui a sua pertinácia e vem, abrindo aquela ferida que é a boca vazia, engolindo a própria barba quando respira e ganha fôlego para vir, também agarrada na grade, na minha direção.

parece pedir algo... não sei... acho que cigarro... não sei, não quero entender. mantenho minha atenção na mão que me persegue; a mão feita em lama, que traz um câncer em cada dedo e o vírus do ebola sob as unhas. me esquivo dela e vou ganhando distância, tento pensar numa coisa boa: talvez uma fórmula que organize a parte emotiva do meu cérebro, talvez uma lembrança que me leve em frente e sigo me arrastando na grade sem a proteção das asas amputadas, como quem equilibra as costas no flanco de uma montanha, e de repente palmeio o vazio.

o vazio... espio sobre os ombros e vejo um vão de 4m que quebra a continuidade da grade, um retorno para os carros que vêm da esquina ou qualquer uma das ruelas adjacentes poderem voltar para a rua principal. é como uma lacuna: uma fenda no tempo onde é possível reverter escolhas equivocadas, retroceder até o momento em que a memória consente o erro e o desfaz; mas não para mim.

para mim é o limite, a beira do abismo que suga meu braço pendendo no vazio e tenho de puxá-lo de volta para recobrar o equilíbrio, senão caio — e se caio, desapareço. encolho o braço atrás das costas, porém ele já vem debilitado, entrevado por um torpor que se espalha pela metade do meu corpo exposta aos vapores que se desprendem da escuridão que preenche esse vazio, o vão que bafeja um hálito de algo que se decompõe no interior de um estômago, um lastro do fedor que pensei que deixara para trás, mas que, agora percebo, tudo que fiz para evitá-lo só me levou ao encontro do que eu fugia.

vejo que errei, mas agora não há volta, estou à beira do abismo, encurralada, condenada por não conseguir vislumbrar uma saída nesse turbilhão de ideias falidas, por não persuadir minhas pernas a reagirem, me restando apenas assistir, horrorizada, à coisa avançando na minha direção.

a coisa parece que entreviu meu bloqueio e se arrasta com gana, ofegando e engolindo ferozmente a distância que eu havia aberto, polvilhando a vasta barba com pingos de saliva que saltam de sua boca quando esta se contrai num movimento que mistura prazer e dor: um esgar ou algo parecido com um sorriso, avançando.

seus dedos estão a 1m do meu corpo encolhido, chorando, sentindo o medo queimar e escorrer pelas pernas abaixo, uma pocinha amarela de impotência que a deixa mais excitada e faz soltar um grunhido, uma gargalhada, agora sobre mim, pedindo para parar: não me toque, por favor!, mas não me ouve e estica a mão amarrada em trapos e barbantes, à procura do meu rosto, arfando como uma porca, fedendo como uma porca, mas me solto e, no movimento inesperado, ela consegue apenas tocar a gola do pijama.

arranco a roupa logo que me conserto da posição torta que caí, e é a primeira coisa que faço para evitar que a mancha marrom, aflorada no tecido, infiltre o vírus sob meus poros, ficando exposta ao frio que se aproveita de mim, roçando a minha pele de deixar dura e ardida, mais que o medo que me queima, sobretudo agora que uso as mãos para proteger os seios, tremendo e me contorcendo, implorando numa voz aterrorizada que ouço ecoar na minha mente, mas que é falha, muda, se evapora na garganta e não serve para afastar a sua imundície, a sua doença, mas persisto: não, por favor, não me toque!, afaste-se!, e estranhamente a coisa para e assume o modelo de uma estátua.

somente seus olhos, os próprios glóbulos oculares se agitam, tremulam, fixados no meu corpo, na minha pele nua, encrespada, clara, ao contrário da sua que não sei se é escura ou só suja, como que hipnotizada, atingida por um transe repentino, um estado mórbido de fazer escapulir um fio de baba no canto da boca.

então aproveito e vou me aprumando, rastejando minhas costas na grade na tentativa de me reerguer, empurro os cotovelos e descubro um seio para utilizar a mão na escalada, e nesse instante, no milésimo após o gesto, ela engasga um novo grunhido e o estado de transe se quebra: aquele pequeno momento de reação se quebra e os pedaços se reconstroem em mim.

reassumo a paralisia, meus músculos endurecem, aperto as costas contra a grade e sinto a tensão parar o vento e torná-lo uma membrana viscosa que nos envolve. a coisa continua me olhando, apenas encarando meu seio exposto até soltar outro grunhido, desta vez mais canceroso e arrastado, quase uma risada grotesca, ao tempo que sua mão vai recuando mansamente, insinuando desistência, mas logo antevejo que não é, pois seus dedos não desistem de mim, mas assumem outra ambição.

alquebrados, abrem caminho por entre os trapos que cobrem sua pélvis até encontrar o pano puído da calça manchada de iodo e os botões remanescentes, e começa a descasá-los, um a um, debilmente, para revelar um naco de carne morta, molengo e enrugado, brotado de verrugas abertas que purgam uma secreção amarelecida, quando ela aperta, bombeia e esgarça, do casulo de pelancas, um nervo negro-violáceo e lustroso, melado pelas pústulas e intumescendo aos poucos, na medida que aumenta o movimento: bombeando e esgarçando, esgarçando e bombeando...

percebo no pequenininho dos seus olhos, na baba que escorre, o deleite que extrai daquele ato em que sou a inspiração: o meu corpo, a minha pele clara, o meu seio, então grito, muito mais por nojo que por medo, grito como se uma lente fluorcarbonada se partisse sobre a minha córnea, grito pelo abuso, e, em resposta, ela apenas escarra uma gargalhada e volta a me procurar com o seu pêndulo tão enervado e duro, que não mais precisa do amparo da sua mão.

quer a minha, que eu o toque. bombeie e esgarce, enquanto me toca, me infecta com o vírus que hospeda sob as unhas, como uma carícia que me arrepie o ventre, pressione o meu seio, me faça consentir – mas isso nunca: mesmo sem saída, mesmo paraplégica, mesmo que a dor seja o que me reste, nunca vou permitir a sua vinda e que as doenças que vicejam em si assombrem meu dia. então me solto da grade, abro os braços e caio.

minha queda é como um poente, simplória, sem espirais, sem delongas: caio num instante e noutro já estou no chão; afinal este abismo não era tão fundo. caio rápido, bato com meu quadril no asfalto, dói!, minhas pernas se torcem e dobram meu corpo, quico, rolo me untando de fuligem, saliva e sujeira, esmago a orelha, a testa, fico tonta, escuto um zumbido dentro da cabeça ou são os pneus dos carros que quase me riscam o rosto?

não sei, estou confusa, meio deslocada, ergo a mão arranhada e começo a tatear os danos: escorre algo morno no braço esquerdo, há inchações esparsas, ergo o pescoço e outro carro tira um fininho de mim, tão fininho que sei a sua cor, tenho de sair daqui, mas estou tonta, confusa, e a fumaça dos canos de descarga e os vapores subterrâneos só adensam a nebulosidade da vista rasteira, fugaz, fragmentada, partes metálicas, fulgores que se consomem entre a captura e a descoberta, desaparecem – a coisa volta.

embora afogada em névoas e cacofonia, sinto logo a sua presença, pois o que é latente em si é o cheiro, o fedor que ativa meu senso de perigo, mas, mesmo o medo sendo estimulante, ainda me confunde a pancada e vou me arrastando para a sarjeta, me salvando dos carros e me entregando a ela, a coisa que vem com mais ímpeto, raiva até, olhos e nervo duros, melados, o buraco negro da boca balbuciando, avança sobre mim, e eu, entregue ao fim inevitável, aguardo, não sentindo mais temor e sim prostração.

desmorono na aceitação da derrota e choro por tudo que acreditei que poderia salvar e reconstruir. acabou, ela vem, a coisa venceu, não resisto à aproximação, porém antes do toque, antes do contágio, sinto uma onda automotora se avolumando nas minhas costas, um ruído vindouro que vai engrossando, se agigantando em nossa direção, até explodir numa freada aguda com luzes holofóticas que atingem em cheio o rosto da coisa que, cega e aturdida, berra, se contrai e foge: estou salva.

estou salva, não acredito! estou salva e cresce em mim uma energia estranha que faz bem às pernas e me levanto, apoiada na grade, agradecida e entusiasmada, liberta para louvar o meu salvador, meu herói encoberto pelas camadas de luzes dos faróis, que transpasso para lhe reconhecer, agradecer, abraç... não... não... não... não... não... não... nãonãonãonãonãonãonão...

corro... Deus, por quê?!... corro... minhas pernas batem, se entrecortam, estocam meus pés tortos, dobrados, sobre a planta, sobre os dedos, correm, desorientadas, mecânicas, minhas pernas confusas, tensas, trépidas, fogem do peso concreto da sombra do viaduto, dos casulos de escuridão que eclodem e expelem gestos turvos e vultos que me enlaçam, me puxam para seus desvãos, mas eu me esquivo, me escorro da captura dos tentáculos: anseios e assombros que, derrotados, me arrancam apenas a pantufa do pé direito, e manco, subo e desço, piso com a falsa metade do corpo falida, que pende, aderna rumo à esquina com a rua principal, me engolindo em sua tensa atmosfera de todo o mal à espreita em sombras, poças escuras que coalham o caminho que sigo perdida, perdendo as unhas fincadas nas paredes dos prédios, nas fendas da calçada: abertas rachaduras que rastreiam minha fuga manca, sinuosa e alienada, minha mente confusa, aberta uma caverna onde ecoa: acabou!... acabou!... acabou!...

devora a serenidade, os pensamentos bons, a parte aritmética que sequer me permite o alívio da contagem: 1, 3, 4, 8, 13, 6, 4... são números aturdidos, falhas vicinais que não consigo controlar, desgoverno, vórtice, eu, tensa, minhas... 12, 13, 20, 20... 20... certezas se dispersam, chocam-se aríetes nos postes de luzes de mercúrio, nas palmas arranhadas nos muros, derrubam meus sonhos, quase caio, desço mais que subo, me equilibrando para não me juntar aos fragmentos de esperanças, lembranças, coragem, fuligem, guimbas de cigarro, saliva e sujeira que são sugadas para o fundo da caverna, o abismo onde se hospedam, replicam o vírus, o vírus do ebola sou eu.

cega e febril, os olhos vermelhos, rija dor de cabeça, chagas, minha carne se abre, amarelecida, a pele brota de coceiras, hematomas, sangro pelos bicos dos seios nus, a boca atalha o ar, sufoca o vômito negro, as convulsões, a perda de cabelo, caem nacos da língua, da traqueia, os dentes, me despedaço neste caminho, tonta, tola, o vírus me subtrai a uma única mão que meneia na noite besta, lunática, uma sobra golfejante que anseia voltar para casa antes de a lama selar a caverna, do cérebro se liquefazer e do fim apagar os dias pregressos.

antes da memória morta quero a proteção dos meus lençóis, mesmo que sujos de decepção, mesmo que manchados de lágrimas, mesmo sabendo que me espera um dia muito, muito, muito ruim, tenho de voltar para casa, tropeçando, caindo, bambeando, alcançando a porta irresponsavelmente aberta, encostando no limiar de uma fresta que me esgueiro, entro, desabo num canto, estou de volta.

a casa, esse casulo de simetria e assepsia, acena-me com sua bonança e plástica perfeição: seu desenho impecável composto pela afinada combinação de arestas retas, que se completam para formar uma estrutura de paredes claras e lisas, sólida geometria constituída por portas e janelas equidistantes, ora por quadros milimetricamente alinhados entre si, ora pela reflexão das luminárias, em pé, em pares, sobre os móveis ordenadamente escolhidos, ordenadamente arrumados, distribuídos e direcionados conforme a arquitetura única de cada cômodo que, vistos de cima, produzem uma mesma perspectiva, um cenário para uma compleição comum que, junto às escadas e aos corredores, formam esse magistral perímetro, o casulo que me abriga e promete que agora estou segura, que não há ameaças aqui, dentro da casa.

assumo a sua frequência: o silêncio e o calor dos tapetes, a quietude sonolenta interrompida por algumas lâmpadas insones, na penumbra da sala, nos azulejos da cozinha, nesse canto encolhida, deitada, sobre o assoalho de madeira coberto por nódoas de luz e resina, inspiro a essência do carvalho que vai desobstruindo minhas vias aéreas, combatendo a falência respiratória, os sintomas do vírus acumulados neste vômito negro que regurgito no contorno do que sobrou de mim: essa mão mutilada que vai se reconstruindo depois que emborco os horrores, ranços e medos que me possuíram na rua, a algumas horas do dia em que achei que iria recuperar a minha vida.

vomito minha ingenuidade, agora. a inconsequente bravura que me enganou que eu poderia resgatar minha autoconfiança, livre dos remédios, das sessões terapêuticas e do despotismo de mim. não existe mais aquela que amou, o personagem moldado pela mídia. só esse animal dobrado, imundo, enrolado em trapos que, diante do mundo, suplica para que o tranque, que lhe seja afastada a liberdade.

essa possibilidade de isolamento é o que me resta. a defesa do cárcere, meu quarto, tesa redoma urdida por rituais, números e folhas de caderno escritas, riscadas, ocultas embaixo do colchão, embaixo dos lençóis estarei segura para voltar à rotina, esquecer este tolo impulso mundano que me escorre pelos lábios quando vou me re-erguendo, escalando minhas costas na parede morna, que regula minha respiração, a pele magoada rejeitando esses trajes sujos e, nua, vou me apoiando na porta que tranca, nos móveis que acordam, ainda com passos quebrados e os reflexos falidos, rumo à escada.

quero minha cama, mas ainda estou muito fraca e o primeiro degrau se faz impossível. tenho de esperar meu corpo por um todo, sentir o fôlego me atear o sangue, pois, embora do vírus tenham restado os vestígios pelo chão, sei que as mãos crispadas no corrimão não vão me sustentar por muito tempo: a fragilidade é um peso insuportável, o indício do estranho cansaço que não posso deixar que se acumule e me apague.

não quero que meus pais me encontrem vazia, no desjejum, e me levem para a clínica. nunca mais quero voltar à clínica. tenho de me recuperar do esgotamento físico, pois o químico desta vez não me livra mais do quarto todo-cinza e sei que, amarrada, anos parecerão horas retrógradas, letárgicas, evolando-se em serpentinas nebulosas que mancharão meus olhos, minhas súplicas de socorro: me tire daqui! avive este braço, a mão vacilante, os dedos que tremem e não suportam o corpo inteiro.

me solto. largo o corrimão e me arrasto pela sala, tropeçando, rompendo esse silêncio tão compacto que o sinto grudar em mim feito um plástico, uma película que tudo reveste e cria, das poucas luzes acesas, uma atmosfera maltosa, crepuscular, viva nas abas das cortinas, no verniz dos móveis, no pavimento do corredor, onde rasteja um espectro sépia: eu, rumo à cozinha cinza.

a cozinha não me conforta. tem azulejos e piso num tom acinzentado, frio e aquoso, mas revela-se extremamente limpa e organizada, o que me renova, sossega-me de alguma forma na polidez de seus utensílios metálicos, na arrumação dos copos de cristal na parte alta do armário, no frescor do ar desinfetado: um cheiro de pinho que emana dos eletrodomésticos de inox, zumbindo e refletindo minha silhueta alienígena na porta da geladeira de deixar a pele marítima, excitada e com vício d'água.

encosto meu peito no granito da pia, que me queima a cabeça quando o jato espesso e constante da torneira gelada me entra pelos cabelos, amolecendo-os e lavando o cansaço, os pensamentos mortos, o anseio que escorre em torvelinho ralo adentro. deixo-me levar, me inflar dessa água doce que apruma minha memória antes à deriva, tornando tudo novamente claro, menos umbroso, menos vulnerável à proliferação do contágio.

aproveito da garrafinha de detergente para escovar minhas mãos, minhas unhas, novamente e novamente, até fazer do líquido incolor espuma a ser sugada pelo escoadouro, o nó do jato frio que me arde a pele limpa e me faz escorrer no espaço entre a pia e a geladeira, sentando o corpo e sentindo as fitas d'água deslizarem pelo abdome e se acomodarem numa pocinha entre as nádegas, o sexo e o piso.

a água fria me revigora a certeza, e estar outra vez certa de mim é retomar o momento em que as desventuras da noite não haviam eclipsado o motivo que me impulsionara a me arriscar fora da casa e pior: sua consequente frustração.

com a mente limpa, o cabelo emplastado pingando sobre as costas, percebo pela primeira vez que a viagem em que embarquei para evitar que a mancha vermelha de um carro estragasse meu dia acabou me conduzindo para o lugar de que tenho fugido durante anos, todos os dias. a beira do abismo: essa linha tênue entre a ambição e a derrota, traiçoeira me acenando que eu posso, que é fácil encontrar a glória, porém é ardil, o covil da vontade que semeia seus terrores e pensamentos ruins nos ventos frios e subterrâneos que me acertam em cheio querendo romper o casulo, o quarto, a cama, como uma lente fluorcarbonada que se parte sobre a córnea.

estou diante do buraco negro sob meus pés, mas também é espelho refletindo o vazio que sou e fui quando lembro do entusiasmo, esse despropósito que me tornou um ser errante que parte rumo a terras desconhecidas em busca de absolvição para uma pena por ele mesmo sentenciada, uma jornada norteada por um impulso cego de querer encontrar vida [minha vida] nessa nulidade já instituída há tempos.

tola, ah, tola, tola, tola ainda a acreditar que na rua, nas placas, estaria a solução para o que precisaria ser resolvido antes do amanhecer, sem perceber que toda a minha investida foi errada, que a saída está num lugar próximo, mas não mais comigo: está nos números, sempre estará nos números, nas equações, nos teoremas, nas fórmulas, nas variações e em toda sequência ou composição que elimine os restos, 0/0. caso contrário serão o fracasso, a reclusão, o assombro e a vontade me avisando que os momentos em que não consigo superar a mim mesma são aqueles em que fareja ocasiões para depositar seus anseios.

encolhida neste vão, sentindo o frescor piorar em frio, finalmente me conscientizo de que serei sempre derrotada quando lutar contra mim mesma. não posso evitar a compulsão, ela agora sou eu: presa, imunda, sentindo a decepção transformar a água doce num óleo morno que suja de sal meu rosto, e sustentar a cabeça se torna tão difícil que a encaixo entre os joelhos.

choro abraçada às minhas pernas, copiosamente, tragicamente; um choro arfante, não para cancelar o cansaço ou aliviar a letargia, é um choro triste, suscitado pela falência e pelo fracasso, a certeza de que, passados alguns minutos, secarei meus olhos, me levantarei e farei 13 degraus mais 6 passos contados até o meu quarto, onde me enfurnarei no banheiro para me lavar, limpar a minha pele até arrancar toda a sujeira, depois retomar 10 passos de volta a cama, me enxugando e vestindo um novo pijama, primeiro a perna direita e o braço direito, depois a perna esquerda e o braço esquerdo, fechar o botão da gola e começar a abotoar a blusa de cima para baixo, para estar pronta para me deitar e aguardar o nascer de um dia muito, muito, muito ruim, em que perderei a grande chance de recuperar a minha vida, pois sou fraca, resignada e choro por isso, um choro de perda, pela perda de um amor que ressuscitou por 12min19seg: adeus, Samanta! adeus, Milão! adeus, Paris e suas alvoradas suzetes!

sou a protagonista que não está no roteiro, uma silhueta em branco na capa da revista, adeus, que se percam em lágrimas as recordações, todas elas esvaindo-se nesse choro dolorido, infinito, que me parto ao meio para aguentar o peso, jorrando de mim como me lembro em apenas uma única vez, naquele dia... o dia em que alugamos o conversível para nossa primeira viagem juntas, a que tínhamos programado havia muito tempo, eu e Samanta.

voltávamos por uma estrada secundária de terra batida e, por detrás de um campo de árvores baixas, avistei a casa de campo do meu avô. a casa amarela que não via havia anos, desde que tinha ido morar na Itália pela agência.

aquela visão, a estrutura de madeira armada sobre o capim rasteiro, ressuscitou um torvelinho de lembranças boas, instantâneos pueris, cores, cheiros e sons, que não conseguia administrar, e agia como uma criança excitada, de joelhos sobre o banco, soltando gritinhos e Samanta ria e ameaçava: vamos parar, mas eu pedia que não como quem diz sim, não pare!, mas eu queria mais que tudo e estacionamos à beira do pórtico de tábuas brancas.

pulei do carro descalça e corri escada acima, revivendo um tempo mágico, quando martelávamos nossos pés por aquelas tábuas brancas, correndo contra o vento, brincando, eu e... [não, não vá por aí! eu estou tentando, mas não consigo evitar!], batendo a mesma porta velha, onde havíamos escrito nossos nomes, onde tocava, lembrando do momento, contornando com o dedo as letrinhas desenhadas como quem tenta achar uma passagem para um mundo perdido.

Samanta, ainda no carro, me observava, gritando: você é uma criança. sim, eu era, naquele instante eu não passava de uma criança, redescobrindo o que a mente madura esconde em catálogos que descoram com o tempo e parecem incinerar. eu abria os catálogos, espalhando seus conteúdos ao redor, sentada contra a velha porta, naquele pórtico, assimilando cada plano, cada fotograma, como modelos para amar, conjugações de verbos cândidos.

de repente, a porta se abriu. eu não esperava e caí de costas. acima, estava meu avô. meu avô que não via fazia tanto tempo quanto a casa. meu avô que, apesar dos anos, das mudanças que o trabalho me imputou, da cegueira de um olho provocada pela diabetes, que também lhe levou uma perna, lembrou-se de mim, chamou pelo meu nome, e levantei e nos abraçamos forte, chorando naquela casa amarela de campo que já não parecia tão grande, porém nunca tinha sido tão completiva quanto naquele momento.

chamei Samanta e a apresentei como uma amiga. ele pediu que entrássemos e nos acomodássemos na sala, enquanto preparava um café. disse que iria ajudá-lo, mas ele insistiu que não e não quis contrariá-lo; meu avô usava uma prótese e caminhava com auxílio de bengala. a sala estava do mesmo jeito que lembrava: o sofá de quina marrom, as cadeiras de balanço, os quadros de navios, o aparador com os porta-retratos e a estátua do sertanejo guiando uma carroça de bois triscada numa roda.

Samanta foi atraída pelas fotos e sequer se sentou. pegou um retrato da minha avó, jovem, com um mar calmo atrás e uma fragata com a vela inflada, colada à linha do horizonte. parecia muito comigo, principalmente os olhos, disse Samanta. abaixo, sobre a moldura de alumínio, havia um recado escrito em nanquim, numa letra cursiva e porosa: "Para que não se esqueça de mim, aqui está um singelo coração e eternamente será guardado na sua memória. 28/1/50". de alguma forma aquilo a comoveu e, ainda com o objeto na mão, aninhou-se ao meu corpo e me beijou docemente no pescoço.

fiquei com medo que meu avô entrasse naquele momento, e descobrisse uma cena difícil de explicar entre duas mulheres. porém era uma reação tão singela, que me inflou de valentia para rever instantâneos que mentia não existir. como uma timoneira, conduzi Samanta por lembranças afogadas num mar leitoso de amital. um mosaico da minha infância e de tempos pregressos, a casa de praia, um parque de diversões num verão, a viagem a Ilhabela, pedalinhos, eu-menina num balanço, algum amigo da família vestido de Papai Noel, parentes que esquecemos... uma foto de todos juntos: eu, meu pai e minha mãe, com Carlos sentado em seus joelhos, entrelaçado por seus braços.

era uma fotografia encomendada, dessas que se produz em estúdio, para presentear familiares. meu avô a mantinha ali como um memorial, talvez para se lembrar de um neto com o qual pouco se relacionou. o retrato tinha sido tirado aproximadamente um ano antes do acidente; eu tinha 13 anos [a última chance! pense bem, não vá adiante... melhor parar por...] meus pais discutiam no carro, voltando da apresentação de uma peça de que participei na escola. chovia muito e minha mãe insistia que parássemos, mas meu pai dizia que não, que logo estaríamos a salvo, em casa.

de repente, dois carros bateram forte na pista oposta. chocaram-se com outro e os três se desgovernaram em nossa direção. fomos esmagados contra um grupo de árvores. meu pai desmaiou com o impacto. lembro da minha mãe torcida em nossa direção, sangrando sobre um esgar monstruoso, enquanto tentava arrancar o braço das ferragens.

lembro de pouco: da surdez aguda, do corpo morno, úmido, dos cílios de luzes e da névoa que descia lentamente para assumir a escuridão. um cheiro destilado e a visão fraca e estilhaçada que, embora com a lente fluorcarbonada partida sobre a córnea, conseguiu capturar três carros vermelhos, amontoados e retorcidos à frente...

o apito da chaleira nos chamou a atenção, e foi então que percebemos que já estávamos sozinhas havia algum tempo. deixei Samanta com os fantasmas e fui à procura do meu avô. a cozinha era mantida da forma que me lembrava, organizada com apuro por minha avó, em armários embutidos de madeira, prateleiras para louças e ganchos presos à parede, sustentando panelas e utensílios de metal. os ímãs de geladeira também continuavam lá, alguns prendendo pedacinhos de papel com recados que não faziam mais sentido.

desliguei o bico do fogão em que estava a chaleira e, chamando pelo nome do meu avô, fui adentrando outros cômodos onde os anos não haviam passado. a sala de jantar, o quarto de hóspede, o quarto principal. chamava pelo nome do meu avô, mas seguia sem resposta. comecei a suspeitar que, por algum motivo, ele havia saído da casa.

retornei para a cozinha, onde ficava a saída lateral para o quintal, e foi então que percebi a porta do banheiro entreaberta. parei e repeti o chamado, mas outra vez não houve resposta. avancei com passos sutis, contaminados pelo receio de flagrá-lo numa situação constrangedora, quando vi a ponta da bengala emergindo pela fresta... não, não, não, pare! pare! pare!... corri... pare! par... puxei a maçaneta e lá estava ele...

meu avô havia caído e batido a cabeça. a borra escura na borda da vaso sanitário evidenciava o ponto de impacto. ele estava de bruços, com as calças arriadas no meio das coxas e uma poça pastosa de sangue, emplastando os cabelos brancos e ralos. ali estava meu avô, desfalecido, sujo de vermelho e eu... eu... eu não sabia o que fazer.

berrei por Samanta tão forte que ela veio correndo, derrubando coisas. deparou-se com o corpo caído e eu chorando, e logo percebeu que teria de socorrer os dois. gritou para que eu a ajudasse a levantá-lo, mas eu... eu... eu não podia... eu não conseguia tocá-lo. então, ela me agarrou pelos ombros e me sacudiu, protestando que, caso eu não a ajudasse, ele iria morrer, mas eu... eu... eu não podia tocá-lo sujo de vermelho...

quando Samanta o ergueu, o corte na testa golfejou um filete que lhe sujou a blusa. ela o agarrou pelas axilas e o arrastou, caminhando de costas, marcando um rastro pelo chão de lâminas que soava as batidas surdas da prótese que tinha se deslocado da base da perna. meu avô não reagia e era arrastado como um saco de ossos, batendo nos móveis e nos batentes das portas que Samanta gritava para eu abrir.

no limite do pórtico, ela o soltou, correu até o conversível e o estacionou ao lado das escadas. ainda dentro do carro, pulou para o banco de trás e o puxou, ajeitando a sua cabeça sobre a cesta e as toalhas que havíamos levado para o piquenique. eu corri para o banco do carona e, em alta velocidade, Samanta guinava pela estrada de terra batida, perguntando se eu me lembrava de algum hospital perto, um posto de saúde, um pronto-socorro, mas eu não lembrava, eu não lembrava, eu... eu só pensava no vermelho, no vermelho que se alastrava pelo rosto do meu avô, na sua camisa, nas toalhas do piquenique, no banco do carro... Samanta berrava para eu ajudá-lo, ajudá-la, mas eu só conseguia pensar no vermelho, no vermelho, no vermelho...

choro, meu Deus, choro. não consigo mais encontrar uma forma de estancar a dor e os pensamentos ruins, então, choro. já não me basta enfiar a unha na palma da mão ou a contagem, tento, não consigo, 1... 1... 1... 3... não consigo sequer vomitar, expelir uma gosma amarela que for, um golfo de ar, não há nada em mim, partida ao meio, vazia, sentada no chão, com a cabeça entre os joelhos, o choro é o que me basta.

choro já sem lágrimas, seca, conformada, por tudo o que perdi, não há mais o que fazer. o dia do acidente com o meu avô foi o último em que vivi. depois, não vi mais Samanta; não fui ao enterro. fui levada à primeira clínica, a clínica que lembro como entrei e saí, pois não conseguia dormir ou ficar acordada, não conseguia cumprir as obrigações profissionais, não conseguia mais ser eu.

minha mãe acompanhou-me ao consultório do doutor Netto, que fez várias perguntas, alguns testes com cores e figuras subliminares, e receitou a primeira cartela de valium. na consulta seguinte, apresentou-me o caderno. disse que me ajudaria a dominar pensamentos ruins e vontades, que eu poderia preenchê-lo com boas lembranças, pequenas considerações e roteiros para felicidades futuras.

perguntei se poderia preenchê-lo com números, pois sempre achei que a escrita pertencia aos loucos, e ele sorriu, claro que sim, e confessou que, quando pequeno, gostava de contar as placas dos carros e, quando a soma dos dois primeiros números subtraída pela soma dos dois últimos era igual a zero, sabia que teria um dia muito bom.

e foi isso que eu tentei, eu juro, Samanta, que foi. por você, para conseguir o papel, para recuperar nossa vida, a antiga vida. por isso, saí da casa, como há muito, sem companhia. para que tivesse um dia muito, muito, muito bom, para restaurar o equilíbrio, mas eu falhei, Samanta, perdoe-me, meu amor, mas eu falhei, eu falhei e amanhã será um dia muito, muito, ruim, não há mais o que fazer, portanto choro, com a cabeça entre os joelhos, choro pois não há mais o que fa...

sinto um toque frio na nuca.

uma leve pressão, seguida de três batidinhas: toc, toc, toc...

mesmo sem levantar a cabeça, sei quem é e meu corpo começa a tremer. depois de muitos anos, ela está aqui.

como nunca, desde o quarto todo-cinza, onde ficava à beira da cama, rindo das minhas frustrações e passando a unha no tecido do fino colchão, ela está aqui e não posso evitá-la, com seu toque frio, não posso evitá-la.

forço o pescoço, rígido, e quase não consigo erguer a cabeça, talvez por medo, talvez por efeito do seu toque, só o bastante para ver, por entre o emaranhado de pelinhos na superfície do braço, a mão macilenta, com a palma marcada de pequenos cortes enegrecidos. a mão tem um tom acinzentado, com unhas carcomidas e leitosas, e está segurando algo que, a princípio, não consigo distinguir. pisco para expulsar as lágrimas, o óleo que volta a empoçar nas pálpebras, pisco e, enfim, percebo o fio de metal, o gume de uma faca de corte que reconheço da cozinha.

ela segura, com seus dedos todos-cinzas, a faca pelo cabo e me aponta a lâmina. mas, de alguma forma, sei que não é uma ameaça, e sim uma oferta. ela quer que eu a tome, pegue a faca, mas por quê? tento resistir, porém ela permanece impassível, imóvel à minha visível rejeição, e não aguento por muito tempo. desfaço o abraço das pernas e, controlando o tremor, agarro o metal. em contragolpe, ela desliza o gume na minha carne.

a dor é imediata, mas vem acompanhada de uma sensação de... completude. uma energia poderosa que toma todo o corpo, anestésica, amortecendo os músculos, os nervos, os ossos, contagiando os movimentos e trazendo um conforto que nunca senti nem com a unha na palma da mão ou com os vômitos. uma sensação plena, de limpeza, água doce corrente que me desinfeta e lava o medo, os anseios, os pensamentos ruins, o vírus, a coisa e, mesmo, a presença da vontade, tornando tudo tão claro, óbvio, simples.

tudo é tão claro, agora eu sei. ela me deu a faca para que eu percebesse que tudo é tão óbvio, tão simples. a vida tem um equilíbrio, a vida sempre tem um equilíbrio, e o meu dia para que seja bom, ou ao menos nada dê errado, todos os fatores têm de se eliminar entre si. sim, sempre. portanto, para que amanhã não seja um dia muito, muito, muito ruim é preciso que aconteça algo muito, muito, muito ruim hoje. é tão claro. ela solta a faca e alguma parte de mim ri, pois ela está rindo; ela ri, pois eu estou rindo.

levanto do vão entre a pia e a geladeira e subo os 13 degraus, cumprindo os 6 passos até o meu quarto, mas não entro. da porta, contemplo o corredor estreito, de paredes e colunas proeminentes, tomadas de quadros sujos por uma penumbra uniforme, exceto no fundo, onde a fresta da porta do quarto dos meus pais forma um triângulo amarelo. desde que voltei da clínica [não a que lembro como entrei e saí, mas a da cama com braçadeiras de ferro], meus pais dormem com a porta do quarto destrancada e o abajur ligado, caso eu precise de alguma coisa ou eles precisem fazer alguma coisa por mim. o corredor tem 6,5x1,2m ou 12 passos contados; completo a metade.

empurro a porta até que caiba o corpo e sou banhada pela luz amarela que fatia a cama de casal em harmonia exemplar. os travesseiros perfeitamente alinhados, a bainha do lençol em simetria com a margem da cabeceira e o edredom cobrindo metade do colchão, conforme a minha arrumação, conforme deve ser para todos. meus pais estão deitados sobre as costas, o rosto exposto; a claridade já parece não mais incomodá-los. eles dormem numa tranquilidade que, por um tempo, pareceu-lhes intangível.

após o acidente, foi muito difícil suportar a culpa e a fratura que sucedem a morte de um filho. enquanto não encontrava um ou outro chorando num canto da casa, reinava um silêncio doloroso daqueles que não suportam sequer o ruído das palavras. meu pai corria para a porta, a cada vez que ouvia um barulho, na esperança de finalmente cumprir a promessa da noite chuvosa, quando jurou que todos ficariam bem. passaram a não dormir mais juntos, na medida em que menos se relacionavam. e quando tudo parecia que iria desmoronar, fui eu que desmoronei.

contorno a cama, em direção ao lado onde dorme minha mãe, sentindo a brisa que infla as cortinas finas formigar meu corpo nu. seu rosto está de lado, sereno, respirando com um silvo manso, quase pueril. lembro-me daquele rosto, iluminado por olhos que me encaravam, devotos, quando comecei a não atender ao telefone ou a não suportar sair do quarto. dizia que sempre estaria ali para o que eu precisasse, acatando o meu tempo, a queda da própria altura. e ela realmente estava, quando me perdi, quando estava tão drogada que precisava de ajuda para ser limpa e alimentada. no momento em que a vida a despedaçara, minha mãe se construiu para me salvar, para me amparar com um grau de amor que nunca conseguirei retribuir com gratidão. substituo a pegada, da lâmina para o cabo, e enfio a faca no pescoço dela.

minha mãe não reage. permanece dormente, com a respiração leve, sem alteração, até mexer a cabeça como num reflexo a um incômodo. refaço o caminho e me inclino sobre o meu pai, que está com o rosto inclinado, apoiado no travesseiro. enfio a faca na glote dele e o seu corpo estremece, porém também permanece dormindo. retiro a lâmina e a penetro no lado do pescoço, depois a jogo no chão.

imediatamente, o quarto fica em suspensão, e todos os movimentos são absorvidos por um silêncio completivo, enternecido, como uma fotografia irradiada de saudade. gradativamente, os travesseiros e os lençóis são emplastados por um líquido viscoso, profuso, que, sob a luz amarela do abajur, cintila num laranja tão vivo e tão belo, que se torna confortante contemplá-lo, uma sensação plena de equilíbrio.

deixo o quarto e conto 6 passos até a porta do meu quarto. vou ao banheiro, limpo as mãos, as unhas até arrancar toda a sujeira, e retorno 10 passos próximo a cama, onde visto um novo pijama, primeiro a perna direita e o braço direito, depois a perna esquerda e o braço esquerdo, fecho o botão da gola e começo a abotoar a blusa de cima para baixo, quase pronta para me deitar e aguardar o sono profundo.

acomodo-me embaixo do lençol e do edredom, sentindo o corpo em estado de flutuação. salva, limpa, protegida, estou pronta. o papel é meu, Samanta. espere-me, meu amor! estou pronta para recuperar a minha vida, a nossa vida. espere-me só até amanhã, por 2h42min12seg, quando ficaremos juntas para sempre, em Milão, em Paris, no nordeste, onde quiser, pois amanhã será um dia muito, muito, muito bom, e nada poderá anular essa equação sem erros ou restos, 0/0.

fome

acontece toda vez que eu afundo a cabeça no travesseiro e sinto a latência no ventre dolorido pelo pós-sexo. uma descarga de nojo e arrependimento que flui pelo corpo entranhado pelo cheiro do homem que respira morno na minha nuca — um qualquer que permiti que me penetrasse e me amargasse a boca com suas secreções.

por que não consigo controlar essa ânsia?

sou fraca, e a repetição do erro suscita lamentos furiosos que fazem com que a decência remanescente tente abandonar essa carcaça usada como um instrumento de satisfação, depois descartada para preservar as digitais. todos os dias, alimento esta rotina doentia. esgueiro-me feito um animal de pernas abertas por bares prostitutos, seduzida pelos eflúvios do álcool, fumaças de cigarro e loções pós-barba. esperando um olhar ou menção libertina que me leve para a cama um, dois ou três paus. não sou a cadela no cio, sou os cachorros atraídos pelo apetite.

sei que a satisfação me devasta em bel-prazer, mas a compulsão me engana com fantasias que cegam a previsão do erro, viciando uma necessidade intolerável. são varões em brasa que me sobem pelas coxas, encharcando-me: a sede de uma água, a primavera de um único pólen.

nessas horas, tenho medo de ficar perto dos meus alunos. o fedor do suor, embebido no uniforme, afeta-me como éter, fazendo com que me esfregue ainda sobre as roupas.

quantas vezes isto já aconteceu na escola!

uma aflição que apaziguei entre pernas de porteiros, motoristas e zeladores. personagens anônimos de um elenco indistinto, atuando num roteiro em que a última cena sempre se passa na minha cama. ofereço a minha casa para facilitar a aproximação.

às vezes, eles estão tão vastos que tenho de jogar fora os lençóis.

pedem para me bater, chupar meus pés, sujar a minha cara. geralmente, os que me devoram por trás são os maridos. fazem comigo o que não fazem com as esposas. nunca intentei ser melhor que elas, embora saiba que lhes proporciono um instante de completude que anos de casamento nunca farão.

não faço isso por eles. não consigo evitar.

ele passa pela porta com um olhar desconfiado: glóbulos inflamados oscilando em pálpebras bulbosas, um movimento viscoso, remelento. titubeia. dá um passo curto, irregular. estuda a sala, os tapetes felpudos e limpos, desvendando a situação pela perspectiva de animal arredio. depois, avança.

mantenho distância. embora pareça dócil e embotado, trato-o com gestos cautelosos. aceno, sustentando um olhar amistoso. tem um cheiro forte: um fedor feito de urina e lixo, entranhado nos pelos ensebados e numa corda encardida que arrasta pelo corredor, alastrando imundície.

saio da sala, aventando passos afetados e movimentos repletos de insinuações convidativas. ele me segue com dificuldade. tenho de me submeter ao seu andar zumbiótico. aguardo. consinto solenemente, emendo em mais um corredor e dou no quarto principal. empurro a porta e uma corrente de vento escapa, afastando fugazmente o ar decomposto. deveria ser um alento, ainda que instantâneo, mas não me incomodo. ali está o cenário: as cortinas douradas pelo sol, a cama de casal, os lençóis brancos.

entro no quarto e contorno a cama, com a mão suspensa tocando suavemente o lençol com as pontas dos dedos. ele para – como que alertado por um senso danificado de perigo. estuda a conjunção de cores e a harmonia dos móveis. fareja os perfumes das velas aromatizadas, dispositivos de uma sensação esquecida.

sento na ponta do colchão. as pernas alinhadas, os joelhos retos virados para a porta. entre os umbrais, ele me retribui um olhar sujo, perdido numa expressão impassível, inchado.

há uma espera, agora – faz parte do jogo. a projeção do desejo, a confirmação de que os dois atores estão impregnados pelo impulso comum de desabar em inconsequência, mas não aqui. aqui estou sozinha.

suavemente, puxo uma alça da blusa. a seda escorre sobre o colo, deixando um seio à mostra. ele não reage. repito o gesto do lado esquerdo, com nuances lascivas. agarro o tecido embolado na bainha e arrasto sobre a cabeça, num movimento lento e provocante, roçando os cotovelos sobre os mamilos túmidos, a pele clara, arrepiada, nua. ele mantém-se num plano remoto e passivo, enclausurado em pensamentos.

talvez seja este o momento inimaginável, onde sinto que, pela primeira vez, posso interromper a cena, levantar-me e me vestir, mandá-lo embora. estancar esta ânsia e me preservar, por uma única vez, da devastação que sucede o gozo, sem medo do embrutecimento ou da reação hostil.

entretanto, apesar do desinteresse dele, da debilidade óbvia e dos alertas racionais, não consigo evitar. giro o corpo e puxo a presilha do fecho ecler da saia, deslizando-a sobre os dentes. inclino o corpo e passo as pernas, uma a uma, pela abertura da cintura, depois as cruzo, em laço libidinoso. não uso calcinha.

neste instante, meu corpo começa a reagir em abstinência. uma fúria explode em jorros de sangue fervente pela musculatura retesada, queimando a corda que controlava o animal voraz, sedento e insaciável. estou ardendo entre as coxas e já não consigo mantê-las fechadas. ele permanece sob os umbrais, exatamente onde o quero, prostrado, com uma secreção mole escorrendo sobre os lábios manchados de iodo, carcomidos.

miro seus olhos e lentamente vou abrindo as pernas. descolo o sexo viscoso, úmido, uma rosa em chamas, latente. exponho-me, desvendo-me para ele como uma cadela que rola sobre si, intoxicada pelo cio. a princípio, ele permanece inabalado – e, mesmo que ele fique pateticamente amortecido, não posso mais parar; terei de me satisfazer sozinha – mas, num crescente vagaroso, seu rosto vai se transformando em algo assustador que teria me atemorizado em qualquer outra ocasião.

um rasgo se abre no meio da sua cara macilenta e coberta pela barba vasta e imunda, uma versão sórdida de sorriso que revela cacos de dentes podres, fincados em gengivas enegrecidas. ele sustenta aquela ferida por alguns minutos, paralisado, emitindo um chiado bronquítico, monocórdio, então se arrasta para dentro do quarto. por um instante, a reação me confunde, mas logo me toma uma euforia. salto da cama e vou ao seu encontro, apenas sobre escarpins vermelhos.

aproximo-me agora sem receios, insinuante, olhos grudados nos dele, numa tentativa de sedução, esperando uma menção libertina. ele apenas responde com a mesma expressão vazia, e assim não reage quando começo a despi-lo. tiro-lhe os trapos de cima a baixo, peças roídas e cobertas por uma gama de odores ruins, excrementícios, exceto a gaze que cobre um de seus pés, manchada de iodo e uma secreção escura.

uma pasta negra de imundície cobre todo o seu corpo – é quase insuportável ficar próximo dele. uma tontura que começa a me embrulhar, e talvez essa cena, esse estranho que trouxe do lixão próximo à escola, seja uma forma inconsciente de me punir, mas não consigo evitar. estou encharcada, preciso me saciar e junto meu corpo ao dele.

esfrego-me em seu peito, entrelaço minhas pernas nas dele, lambuzando-me naquele visco escuro, sentindo a barba crespa arranhar meu rosto e desprender nacos de algo já podre. de perto, sua boca tem um cheiro etílico muito forte – e talvez isso explique um pouco da sua letargia. roço meus seios nele, envolvo-o com meus braços, encaixo-me em seu joelho e, de uma forma inexplicável, toda a combinação de cheiros ruins, estranheza e perversão vai me deixando mais excitada, entrecortando minha respiração, possuindo-me, queimando-me de desejo.

pego a sua mão e pouso sobre minha bunda. ele não reage, não tenta me abrir, cravar as unhas. fica estacionada onde a deixei. talvez ele precise de mais tempo para extrair do corpo fragilizado por terrores urbanos e carências fisiológicas estímulos sexuais, mas já não aguento e toco o seu sexo. há um princípio de enrijecimento, um inchaço, pulsando entre meus dedos feito uma enguia agonizante. ele se contrai ao toque, porém não é uma sensibilidade de prazer e sim de dor. o sexo está coberto de pústulas, cancroso e expurga uma secreção amarelada.

por isso não consegue ficar enrijecido por completo. talvez se eu... mas percebo que a debilidade, provocada pelas moléstias e os anos marginais, não lhe permite vigor suficiente para uma reação mais viril. pego-o com delicadeza pelo braço e deito-o na cama. suas costas maculam os lençóis brancos, com a impressão precisa da sua anatomia. preciso satisfazer esta ânsia e tem de ser com minhas forças.

subo em seu corpo, apoiando minhas mãos sobre seu peito e sento em suas pernas. a pele é mole, fria e grudenta de anfíbio: meus dedos afundam por entre os vãos das costelas. ele geme com meu pouco peso. tão próxima, vejo que seus olhos são escuros como carvão, belos, mas ainda borrados. talvez seja uma mancha que esconde os verdadeiros olhos, mas agora preciso do que é real e pego seu sexo por baixo de mim e me penetro. apesar dos alertas racionais de todas as doenças que eu possa contrair e suas terríveis consequências, não posso evitar e me penetro. ele geme mais alto com o movimento, quase um urro. eu também.

cavalgo sobre ele com fúria – sei que não vai resistir por muito tempo. cavalgo sobre ele, me preencho. bombeio meu corpo com todas as sensações doces, mornas, anestésicas. os frêmitos de prazer, contrações e tremores irradiando-se pelo ventre, pela parte interna das coxas. subo e desço com vontade, servindo-me dele, sentindo o descompasso da respiração, a superprodução das glândulas salivares, lacrimais, o coração pulsando em todos os desvãos e redemoinhos do meu corpo. do seu corpo.

afundo meus dedos na pele fina do seu peito e sinto seu coração, um músculo febril, ressurgindo no centro da palma. aperto-o como uma socorrista, esmagando os ossos, estimulando vida, desejo, empurro-o, sentindo o músculo acelerar. ele começa a arfar, um ruído pneumônico, lágrimas brotam de seus olhos. ele arfa e o coração dispara como um louco aprisionado entre vértebras, eu cavalgo.

desço com impiedade, esfolando-nos, fazendo-o salpicar a barba com ovas de saliva, engasgar. afundo-me sobre ele, me arranho em seus pelos, esfrego-me e lascivamente escorremos um para dentro do outro: um único ser pegajoso, respirando num mesmo compasso, pulsando um mesmo coração.

somos um, e sinto-me algo amorfo. o animal e a montaria enlaçados, avançando, carregando uma energia instável que vai nos impulsionando, prestes a explodir, crescendo, mais forte, urgindo, vindo, vindo, vindo e irrompendo num jorro morno que lambuza as minhas coxas, vertendo entre as dobras do lençol, viscoso e deliciosamente sujo.

desabo sobre ele e, molengamente, vou deslizando pela lama que cobre seu peito, tombando ao seu lado, sem fôlego. ele arqueja feito um ressuscitado, um maratonista, emitindo um chiado sofrível, quase um choro infantil. por um tempo, ficamos simplesmente assim, imóveis. extasiados pelo efeito lisérgico do pós-sexo, flutuando em meio ao rearranjamento do corpo, os espasmos etéreos. falidos pelo gozo.

sei que tenho de extrair o máximo deste momento, pois logo este teatro, esta fantasia que vai esmaecendo, vai ser devastado pela descarga de nojo e arrependimento e, quando ele ainda estiver deitado, tentando entender o que aconteceu, eu estarei morrendo outra vez. mas então ele se levanta.

ele se levanta e a reação inesperada me desvia do transe. vejo-o descolar do lençol e arrastar-se, com seus pés feridos, até a porta, relevando a nudez e desaparecendo pelo corredor. sai pela casa sem propósito aparente, indiferente a mim e ao que aconteceu, sem indicações, mas, pela marcha pesada que impõe, posso identificar o caminho que percorre. ouço, pelo atrito da gaze no carpete, que vai em direção à sala. usa a parede como apoio, deslocando os quadros, espalmando a argamassa, na tentativa de forçar um ritmo incompatível a sua condição física.

logo chega ao fim do corredor – e sei, pois a fricção é substituída por um ruído surdo de piso de madeira – e avança ao centro da sala, equilibrando-se na mesa de jantar e nas cadeiras que rangem, riscando os pés no assoalho.

há um estrondo, em seguida. um baque forte, acompanhado por uma orquestra de louças, cristais e taças de vidro, reverberando a colisão com o bufete, em ondulações rasteiras. ouço a vibração se extinguir e depois o nada, apenas o silêncio. aguço os ouvidos e a sua presença distante não está mais lá. não há mais passos, não há mais móveis reclamando o apoio, apenas o silêncio contínuo.

começo a me preocupar, suspeitar se não está desacordado, ferido. ou pior: se não está, dissimuladamente, tentando fugir e expor ao mundo meu vício. desenlaço-me do lençol e estou saltando da cama, quando escuto o descolar da porta da geladeira, seguido do clique eletrostático da lampadazinha se acendendo.

ele ataca minha comida, furiosamente. coisas começam a se quebrar: vidros, embalagens de plástico. latas caem e rolam, descarriladas. revira as panelas, jogando-as no chão, arromba os armários. ouço pacotes plásticos sendo rasgados, tampas de conserva arrancadas, uma cacofonia voraz. ele mastiga com ânsia, devora tudo que está ao seu alcance, saciando a sua fome.

a minha continua a mesma.

sobre a pélvis

eu cheiro a mijo. bem, talvez seja o desasseio deste banheiro. mas é que me meto tão à beira do mictório, que sinto os eflúvios urinários se entranharem nos meus poros num refluxo ao mecanismo do suor. esse lastro excrementício que não consigo sufocar com a química dos desinfetantes, acentuando em mim a natureza da imundície – nas crostas escuras embaixo das unhas, no gosto acre nos flancos da língua.

sinto-me sórdido como um escravo tigre. prisioneiro deste cárcere de louça encardida, arquitetado para o despejo das necessidades fisiológicas. esguicho, agacho, escovo e lavo, cumprindo a pena que eu mesmo me sentenciei. a minha obsessão. a dependência de estar envolvido pelo redemoinho que se forma na boca do ralo. pois é ali que estão os meus homens, perfilados para esvaziar a bexiga.

então posso admirá-los, os membros enrugados, pendendo entre os dedos trêmulos, ao som dos suspiros. o alívio que antecede as balançadas, cujas flexões me hipnotizam e me levam ao mundo dos sonhos, onde eu posso agachar à frente deles e limpá-los com uma chupada, um a um, lubrificando-os para me penetrar.

essa é a melhor lembrança que guardo no baú de reminiscências, que abro ao final do dia, trancado em meu quarto com meus brinquedos sexuais, pingando em bicas enquanto me masturbo debaixo dos lençóis. nessas horas, eu me sinto um abençoado. e sei que devo ser eternamente grato pelo emprego, mesmo que o cheiro da urina me deixe nauseado. mas, no mundo de hoje, o que é mais valioso do que encontrar prazer no trabalho? eu diria sorte, se não tivesse que ter fingido minhas ambições para conseguir a vaga. tudo tem seu preço, afinal.

como as revistas e os vídeos que eu costumava roubar das bancas e locadoras para fomentar a fantasia que domestica meu apetite sexual. hoje, posso comprá-los com a recompensa que recebo por desentupir privadas. assim como pagar bons quartos de motéis para os desconhecidos que topam me penetrar mais de uma vez, longe das cabines sanitárias que restringem a joelhos sobre o vaso e mãos apoiadas na parede.

no conforto da cama, eu gozo feito mulher. provocando a tenacidade do meu corpo e absorvendo o máximo da masculinidade do meu parceiro, em fluidos e carícias. depois, peço que se cale e deito a cabeça sobre a sua pélvis, fitando seu membro minguar lentamente, exausto, como um perdedor que se encolhe após a partida.

o resto do dinheiro, entrego à minha mãe. digo que compre algo que se preze, embora saiba que ela vai gastar com seus gatos. minha mãe ama os gatos mais do que a meu pai, que está internado num hospital psiquiátrico. tem dezenas deles, faz roupinhas para eles. eu odeio gatos. apesar de saber que, de todos os animais, os gatos são os únicos que têm a preocupação em ocultar os seus excrementos, eu os odeio.

os da minha mãe ficam se empertigando a toda hora, encarando-me com olhares arrogantes. e, quando fodem, fazem uma algazarra insuportável. exatamente ao contrário de mim. sou bem-aventurado no silêncio. um fantasma no vaivém de homens, cegos pela ansiedade urinária. uso da minha condição, dissimulado, mentindo que estou absorto na rotina do esfregão, para abeirar o mictório. fico paquerando-os, de vários tamanhos e cores, as nervuras salientes sob o prepúcio, as glandes ressecadas, às vezes com umas pintinhas, às vezes intumescidos.

às vezes, deixo que notem o meu apetite. e quando demonstram não se importar, corro a mão por dentro do macacão e me penetro com os dedos. a maioria dos meus parceiros conquistei desta forma. no entanto, tento ser o mais discreto, pois grande parte reage com censura, atacando-me com agressões físicas e verbais. para esses, não resta mais que o baú de reminiscências. fazer o quê? ossos do ofício.

eu poderia ser michê, eu sei. sou bonito, tenho os cabelos longos e o corpo marcado pela doutrina dos exercícios que faço com pesos. uso cremes – tenho todos. para as mãos, para o rosto, para o peito, para as pernas e para os pés. tenho certeza de que meus serviços seriam bem requisitados e que teria um bom retorno financeiro. entretanto, sei que estaria traindo a minha obsessão. o meu desejo não se farta no sexo. está na descoberta, na tensão da conquista, no salivar, na aceitação. meu gozo não pode ser comprado, há de ser entremeado por perdas e ganhos. às vezes coagido, às vezes sofrido.

como os gatos. dizem que a fêmea é subjugada pelo macho que, depois de cheirar o seu órgão sexual, deita sobre ela e abocanha a sua nuca enquanto a penetra. ela cede e deixa que a preencha, mas quando o gato ejacula, a fêmea grita e o ataca, pois deseja ser copulada por outros, porque seu instinto é mundano.

a minha vontade também é vadia. meu sonho é, num banheiro vazio, aproximar-me do sujeito que acaba de entrar e, quando estiver diante da latrina, abraçá-lo por trás e correr meus braços sobre o seu corpo vestido, abrindo o fecho ecler e segurando seu membro duro, cheio, sentindo o fluxo da urina se extinguir para, enfim, balançá-lo lentamente, até que as gotas se percam no infinito do redemoinho.

eu não gritaria. nunca gritei, quando fui forçado ou agredido pelo meu parceiro. mesmo quando errei em levar o advogado para a minha casa. ele estava no banheiro, com seu terno de belo corte e pasta de crocodilo entre as pernas. parecia exausto e não percebeu a minha chegada. eu o contemplava com satisfação, faminto. e, talvez por isso, ele se mostrou hesitante quando decifrou a necessidade estampada nos meus olhos – a mesma necessidade que acabaria por convencê-lo da possibilidade de prazer.

segurou meu rosto e me beijou na boca. e eu já estava tirando o macacão, quando ele me reprovou, dizendo que não podia se expor, fodendo num lugar público. então, levei-o para casa. entramos silenciosos para não desatar a atenção da minha mãe dos gatos, e nos trancamos no meu quarto. despimo-nos, roçando os corpos e nos beijando na boca, enquanto ele acariciava meus mamilos com doçura.

assim íamos, até que me penetrou e, inesperadamente, começou a me bater. primeiro, palmadas nas costas, que aceitei como estímulo. depois, socos e murros na altura das costelas. socava forte e a dor foi se tornando lancinante, porém não gritei, nem um pio sequer. quem gritou foi ele. chorou, como numa autocensura ao gozo, quando acabou de me foder. na hora, fiquei preocupado com a minha mãe. dela ouvir e bater na porta do quarto. não aconteceu.

havia os gatos. dezenas deles. enquanto eu cuspia sangue e ele ejaculava brutalmente, ela pensava nos gatos. certa de que os gritos faziam parte do seu ritual de acasalamento, da algazarra que odeio quando eles fodem.

papel de cão

eu sempre quis ter um cachorro. meu pai nunca me deixou ter um cachorro. dizia que era um animal idiota, dependente e que fazia cagalhões enormes e fedorentos. quando meu pai morreu, eu pude ter um cachorro. achei embaixo de uma caixa de papelão velha, encolhido numa revista enrugada pela chuva. rasguei com cuidado e, desde então, trago-o sempre comigo, no bolso da minha calça. é um animal enorme, com focinho achatado, olhos brilhantes, rabo cortado e o pelo curtinho da cor do caramelo. não é de latir alto nem de fazer piruetas, mas, pelo tecido fino do meu bolso, sinto suas necessidades, pois as suas necessidades são as minhas. quando sente frio, eu também sinto frio. quando está com sono, eu também tenho sono. quando quer se coçar, eu também tenho vontade de me coçar. e quando no céu mosqueiam as estrelas e há um cheiro de sangue no ar, gostamos de correr com a língua para fora subindo baba, e de uivar para a lua cheia num canto escuro onde nunca seremos ouvidos.

a nossa única diferença é quando sentimos fome. o meu cachorro não consegue controlar o seu apetite. come tudo o que descobre no faro. restos de comida, pedaços de roupa, o meu cachorro gosta de fuçar lixo. quando encontra um animal morto, mastiga só para quebrar os ossos e depois engolir. o meu cachorro não gosta de mastigar, prefere engolir. eu, graças a Deus, tenho a família do doutor Ivone. quando a fome começa a borrar a minha vista, eu me arrasto até a casa do doutor Ivone, que sempre me abre a porta.

a casa do doutor Ivone é grande, com móveis grandes e muita comida. depois que eu entro, engatinho até perto da mesa para esperar a hora da refeição. deito e sinto a fome pesar minhas pálpebras até sobrar um fiozinho de cílios iluminados. o doutor Ivone, ainda bem, chega antes d'eu adormecer, com sua família de roupas limpas e perfumadas. sentam uns distantes dos outros e comem em silêncio. só quando terminam e saem da sala é que posso me sentar à mesa e saciar a minha fome. a única que não vai embora é a pequena Eugênia. ela gosta de me ver comendo e deixando os pratos limpinhos com a língua. depois, mistura todas as bebidas num copo e me dá para limpar os dentes e engolir a pasta nas gengivas.

a família do doutor Ivone também tem a esposa e o menino. mas destes eu não me aproximo. quando fingem não me ver, me encaram com desprezo. os únicos de quem eu gosto são o doutor Ivone e a pequena Eugênia, principalmente a pequena Eugênia. a pequena Eugênia é tão pequena que, eu acho, não conseguiria aguentar o meu cachorro. veste sempre um vestidinho amarelo, usa trancinhas e fala e anda desalinhado. desde o momento em que me viu, percebi que gostou de mim como gostei dela. nas primeiras vezes que o doutor Ivone me deixou entrar, ela sempre me chamava para debaixo da mesa, onde me alimentava escondido com um pedaço de carne que me dava na boca. até o dia em que o menino percebeu e me acertou um chute na cara de tirar sangue. depois disso, ela nunca mais tentou.

prefere ficar assistindo à minha refeição, para em seguida me levar para o seu quarto, onde podemos tirar uma soneca e descansar. ela gosta de deitar sobre o meu corpo, e eu de abrir a calça para a barriga cheia saltar. depois brincamos, assistimos televisão, ela lê para mim e, para qualquer ruído que se aproxime da porta, nosso plano é eu me esconder debaixo da cama. nunca fomos pegos, e o segredo faz com que a pequena Eugênia sorria e me abrace com seus pequenos braços. eu adoro o cheiro que sai por detrás das suas orelhas. quando eu for criança, eu quero beijar ela muito na boca.

o doutor Ivone gosta muito de me beijar na boca. na primeira vez que me encontrou, ele me beijou na boca. chovia muito e eu estava deitado debaixo de uma marquise, com a mão no bolso da calça coçando a barriga do meu cachorro. o doutor Ivone usava uma capa amarela e segurava um guarda-chuva preto, e perguntou se eu estava com frio. eu respondi que estava com fome. então ele me convidou para fazer uma refeição na sua casa. lembro que era bem tarde, e já não havia as sobras do jantar. por isso, ele pediu também que eu não fizesse barulho e descesse até o porão. o doutor Ivone tem um porão por detrás de uma porta que parece parede, onde cuida de meninas que ele chama de pacientes e diz que foram abandonadas por suas famílias. quando me viram, algumas pacientes gritaram, outras choraram fininho e outras não choraram. o doutor Ivone pediu que eu não ficasse olhando, e me levou para uma sala de carpetes escuros que escureceu com o cerrar de cortinas. depois saiu e voltou trazendo minha refeição e uma câmera fotográfica.

comi pão, ovos cozidos, bolo e uvas e bebi leite morno. o doutor Ivone ficou me observando comer tudinho. então, limpou os meus lábios com um guardanapo, que cheirou e lambeu, deu para eu lamber e pediu que eu esfregasse pelo meu corpo. enquanto eu tirava a minha roupa, ele regulou a sua máquina e mirou em mim. tirou várias fotos minhas, pedindo que eu fizesse várias poses. em seguida, mandou que eu ficasse de quatro e começou a tirar a sua roupa. montou sobre as minhas costas e disse para eu engatinhar como se o levasse para passear.

fui de uma ponta a outra da sala umas trinta vezes, até ele cansar e me puxar para o chão com um abraço. o doutor Ivone me deu um abraço apertado, pressionando o seu corpo contra o meu e roçando nossas coxas, enquanto cheirava meu pescoço. disse que eu cheirava a leite e me deu um beijo na boca. o doutor Ivone tem uma língua áspera e molhada, e me beijou tantas vezes que meu queixo ficou doendo. depois, repousou minha cabeça sobre a sua virilha e ficou acariciando a minha barriga até subir uma dormência gostosa pelas minhas pernas. com ela, quase dormi e esqueci do meu cachorro rosnando num canto escuro, enciumado.

o meu cachorro não gosta que me agarrem. ele tem ciúmes e se torna violento e sem controle, como aconteceu com o bêbado. havia um bêbado que catava lixo, perto da marquise onde eu durmo, que tentava me agarrar. ele dizia que gostava de mim e sempre vivia me chamando para eu dormir na casa dele. falava que a sua casa era mais limpa e confortável, com uma cama só para mim, que eu poderia tomar banho e comer quantos pratos de sopa quente eu quisesse. eu nunca aceitei, apesar dele chegar a prometer roupas novas, doces e até dinheiro.

até que um dia, eu estava dormindo quando senti algo pesar sobre as minhas pernas. acordei assustado e percebi que o bêbado havia tirado as minhas calças e repousava nu sobre as minhas costas. eu tentava me desvencilhar, mas ele cruzava os seus braços sobre o meu peito. foi então que o meu cachorro disparou do meu bolso e pulou sobre o bêbado. o meu cachorro atacou o bêbado com tanta violência, que depois eu tive que catar partes do corpo pela rua. juntei tudo num saco plástico e esperei que o caminhão de lixo esmagasse o que havia sobrado, com o compressor que nada vê.

o meu cachorro dormia nesse momento, achando que fizera o que deveria ser feito. o meu cachorro já achou que deveria atacar o doutor Ivone. só não o fez por causa da pequena Eugênia. ele sabe que eu gosto muito da pequena Eugênia, e atacar o doutor Ivone iria fazer com que a perdesse. o meu cachorro não quer que eu perca a pequena Eugênia, pois sabe que eu iria sofrer e não ia querer mais que ele fosse o meu cachorro.

outro motivo é que a pequena Eugênia gosta do meu cachorro. quando eu resolvi mostrar o meu cachorro para ela, tive medo de ela ficar triste por ter guardado segredo por tanto tempo. não ficou. logo que contei, ela quis ver logo, tomando a frente e olhando fundo para dentro do meu bolso. prestou atenção por um tempo, depois ergueu a cabeça e sorriu para mim. disse que era muito bonito o meu cachorro, com olhos brilhantes e rabo cortado. que era parecido com o dela. e eu nem sabia que a pequena Eugênia também tinha um cachorro ela disse que sim, que era muito parecido com o meu. pedi para me mostrar, mas procuramos pelo quarto e não conseguimos achá-lo.

então, a pequena Eugênia pediu que eu fosse o seu cachorro. eu aceitei e brincamos por toda a tarde. ela jogava uma boneca velha, eu corria, pulava sobre a cama e a trazia de volta. ela amarrava uma corda no meu pescoço e me levava para passear. mandava eu deitar, eu deitava. mandava eu sentar, eu sentava. vestiu-me as suas roupas, depois tirou as minhas e me deu banho. ela perguntou se o meu cachorro também não queria brincar, mas ele estava dormindo e não quis acordá-lo. naquele dia, o único cachorro fui eu. e foi tão bom, que rimos, pulamos, gritamos e cantamos, como se a minha presença não fosse secreta. por isso, não nos preocupamos com os ruídos e a sombra atrás da porta, que, mais tarde, apostei que fosse o doutor Ivone.

as minhas dúvidas só se confirmaram alguns dias depois. como na primeira vez que me encontrou, o doutor Ivone segurava um guarda-chuva preto e vestia uma capa amarela, quando se aproximou da minha marquise. pediu que fosse à casa dele, pois queria conversar comigo. quando chegamos, já era tarde e descemos ao porão. o doutor Ivone mandou que eu tirasse a roupa e me beijou na boca. mas o seu beijo era desanimado, e afastou-se logo. sequer tirou a roupa e pediu que eu me sentasse. disse que estava muito triste. o doutor Ivone, eu havia percebido, sempre foi triste, mas nunca tinha se declarado triste. peguei, então, coragem e perguntei o que estava acontecendo.

ele disse que havia perdido uma de suas pacientes que amava tanto quanto a pequena Eugênia e que, embora soubesse que ela tinha ido para o Céu, não queria que fosse enterrada. o doutor Ivone me contou que quando as pessoas são enterradas, os vermes entram no caixão e devoram o corpo, e depois viram plantas que os bois comem e cagam para fortalecer a terra e crescer as frutas que comemos. por isso, ele não gostaria que a sua paciente fosse enterrada, e perguntou se eu não poderia comê-la, pois aquilo que eu cago vai para o mar e só os peixes comem, e ele não gostava de peixe.

ele ainda disse que seria um favor pelas refeições que havia me dado durante todo esse tempo, e que tiraria fotos para lembrar daquele momento para sempre. a sua gratidão ainda seria acompanhada de um presente. o doutor Ivone subiu para a casa e, depois de alguns minutos, voltou com um pacote. disse que sabia que a pequena Eugênia me levava escondido para o seu quarto, onde me viu lamber o rosto dela enquanto dormia. abriu o pacote e tirou um baralho de fotos. pôs na minha mão e disse que seria uma recompensa por eu ter feito aquilo que ele havia me pedido. eram fotos da pequena Eugênia, em várias poses. na hora, senti a dormência gostosa me subir pelas pernas, mas disse que não poderia aceitar porque minha fome era rara.

já o meu cachorro, disse, não conseguia controlar o seu apetite. o doutor Ivone sorriu, e não me lembro de tê-lo visto antes sorrindo. puxou as cortinas escuras e saiu por um vão. ouvi ruídos metálicos e algumas pacientes gritando, algumas pacientes chorando, um som feio e as pacientes que não choravam. depois ouvi o som de rodinhas correndo pelo chão. foi quando o doutor Ivone apareceu empurrando uma maca. deitada de costas, estava a paciente que ele amava, pequena como a pequena Eugênia.

os cabelos eram dourados, o rosto fino e a pele azulada e sem pelos. estava nua e tinha vergões nos pulsos e nos calcanhares e manchas escuras em volta do pescoço. o doutor Ivone se abaixou e pegou a minha calça, enrugada no chão. estiquei o corpo e me aproximei da maca para que o meu cachorro pudesse ser atraído pelo faro. ele saiu manso do bolso, cheirou os pés da paciente e pensou que aquilo pudesse ser errado. mas havia um cheiro de sangue no ar, do tipo que faz com que ele corra e uive para a lua cheia. não demorou muito para o meu cachorro devorar toda a paciente, depois voltar para o fundo do bolso e descansar com ronco. quando acabou, o doutor Ivone me abraçou pelas costas e disse obrigado baixinho no meu ouvido. com gentileza, pôs a câmera no chão, me empurrou para cima da maca e me beijou desta vez bem molhado, com sua língua áspera e animada.

eu fui embora sem levar as fotos e, depois desse dia, nunca mais estive com o doutor Ivone nem com a pequena Eugênia. a refeição havia pesado o meu cachorro, fazendo a calça puir quando andava. tive então de tomar a sua necessidade do sono como a minha necessidade de sono. aceitar o cansaço que pregava o meu corpo, causado pela leseira do meu cachorro no fundo mais fundo do bolso, onde moram as costuras e a escuridão. o meu cachorro passou tanto tempo dormindo, que não percebeu os homens de terno preto chegando. os homens de terno preto me pegaram quando eu estava deitado embaixo da minha marquise. chutaram minha cabeça com tanta força que desmaiei. quando acordei, estava numa sala abafada e diante de várias fotos.

eram fotos minhas sem roupa, ao lado da paciente morta, lambendo a pequena Eugênia, e fotos da pequena Eugênia, em várias poses. os homens de terno preto berravam nos meus ouvidos que eu era culpado e deveria assumir tudo o que fiz, mas toda vez que eu tentava pedir explicação me acertavam socos na boca, que me arrancaram um dente. depois, prenderam-me e, de manhã, levaram-me para um reformatório.

o reformatório era parecido com a minha marquise, só que maior. lá, uns caras gordos me pegaram e rasparam a minha cabeça, as minhas pernas, os meus sovacos e os meus pentelhos e me deram banho com um pó de química que coçava e ardia todo o corpo. também levaram a minha camisa e os meus sapatos, e eu implorei para que deixassem a minha calça, mas eles tiraram só de maldade. comecei a chorar e eles riram. riram e me vestiram com roupas de lona muito largas, que fediam a suor seco.

o quarto onde os caras gordos me puseram também fedia a suor seco e urina, e tinha mais cinco camas junto à minha. eram camas velhas, com colchões de pano e palha tão finos que deixavam as marcas do estrado nas costas. quando dormia, os meninos me enchiam de porrada. eles me enchiam de porrada todas as noites e às vezes faziam coisa pior, e eu não conseguia reagir, pois estava fraco sem o meu cachorro. também não comia, mas isso era porque ainda sentia o peso da refeição. mas os caras gordos achavam que era sacanagem, e me batiam e me aplicavam injeções que me faziam vomitar uma gosma verde e cagar mole pelas pernas, depois ficava horas babando feito retardado. às vezes, me jogavam no buraco.

o buraco era escuro e apertado, e fedia a podre, pois quem ia para o buraco tinha que cagar e mijar ali dentro. no buraco, o único jeito de dormir era de pé e, quando chegava a hora das refeições, tinha de ser rápido, erguer o rosto e abrir a boca, pois a comida e a água eram misturadas e derramadas sobre a cabeça. os caras gordos também cuspiam sobre mim, e às vezes sentavam em volta do buraco e ficavam estalando a boca e perguntando como eu podia ter feito o que fiz. eu sabia que falavam das fotos, mas não respondia, pensando como que as fotos do doutor Ivone tinham ido parar nas mãos dos homens de terno preto. o doutor Ivone acabou ficando comigo no buraco, durante os dias que me esqueceram. eu fiquei tanto tempo no buraco que, quando resolveram me tirar, tiveram de me dar banho, só que desta vez com água e sabão.

o meu sofrimento e a falta de apetite também foram recompensados com a devolução da minha calça. e aí eles não perceberam, mas acabaram me dando a chance de viver no reformatório. pois, quando eu vesti a calça, senti que o meu cachorro estava acordado fazia tempo e sentia a minha falta. o meu cachorro queria saber o que havia acontecido e se agitava no meu bolso, mas eu pedi que ele esperasse até os caras gordos me deitarem na cama. quando os caras gordos me deitaram na cama e a magreza do colchão foi uma bênção para o meu corpo, foi que consegui falar para o meu cachorro o que tinham feito comigo. baixinho, numa história contada aos poucos, mas que despertava uma raiva tão quente quanto a dor que cozinhava a minha carne.

naquela noite não dormi, fiquei esperando os meninos voltarem para o quarto. quando já era tarde, eles se reuniram e, como de costume, me atacaram na cama. os meninos me encheram de porrada e fizeram coisa pior comigo. eu não resisti. apertava a boca do bolso para o meu cachorro não pular e deixava que eles me arrebentassem até cansarem. cansados, voltaram para suas camas sorrindo e dormiram logo. eu esperei até ouvir os primeiros roncos. ajeitei a minha calça, levantei e me aproximei da cama de cada um, abrindo o bolso. o meu cachorro devorou um por um, depois voltou a se esconder no fundo mais fundo do bolso, onde moram as costuras e a escuridão.

quando acabou, arrebentei a minha testa no vidro da janela, comecei a gritar e revirar as camas e fingi que estava desmaiado. esbaforidos, os caras gordos arrombaram a porta e se espantaram com a cena. eles começaram a gritar e tentar achar vida naqueles pedaços, até que me viram e puseram os ouvidos no meu peito, cheiraram minha respiração e começaram a gritar mais alto. os caras gordos me colocaram sobre uma maca de rodinhas e me empurraram pelos corredores do reformatório, gritando que iam me levar para o hospital. mas o plano do meu cachorro era outro e, no meio do caminho, saltou do meu bolso e devorou os caras gordos. os caras gordos eram muito gordos, mas a raiva sem controle do meu cachorro fez com que ele os devorasse logo, e me desse tempo para pegar o molho de chaves e abrir a porta do reformatório. do lado de fora, respirei o ar puro e fugi, correndo com o meu cachorro até a língua escapar da boca e a baba subir pelos cantos do rosto e se misturar com as lágrimas.

corremos por muito tempo, fugindo sem rumo, até os pés se esfolarem. a noite se multiplicou em dias e os dias eram como noites, metidos em esconderijos e pegando estradas que não levavam a lugar algum. o meu cachorro se mostrava satisfeito pelo que havia acontecido no reformatório e tão certo quanto à nossa segurança, que eu acreditava só para tentar dormir. sabia que os homens de terno preto estavam tentando me pegar e me culpar pelas fotos. portanto, eu não podia apostar que não corríamos perigo, e ficar aparecendo para o sol curar minhas feridas.

agia à noite, fugindo de pé em pé e me escondendo na escuridão. tive de aprender a matar a fome pelo faro, e a pensar que o nosso destino estava no mais distante. mas o meu cachorro reclamava a distância e ficava apontando caminhos que se cruzavam com caminhos que davam no mesmo começo, como se corrêssemos atrás de nossos próprios rabos. logo, acabamos de volta na minha marquise, e eu assustado com o que poderia acontecer. chegamos cansados, mas insisti que ficássemos pelo menos por um dia no lixo, onde o bêbado que meu cachorro devorou catava sua miséria. era de frente para a minha marquise, que eu apostava que era o lugar no qual os homens de terno preto estariam me procurando. não deu outra.

mais tarde, eles chegaram de mansinho e fiquei espiando revirarem minhas coisas. os homens de terno preto pareciam nervosos, chutavam as minhas coisas e chegaram a discutir, depois sumiram por um minuto. quando voltaram carregavam uns galões, que despejaram sob a minha marquise e riscaram um fósforo. eu quase gritei quando vi o fogo explodindo. o fogo era uma bola laranja, com camadas crespas que destruíam minhas coisas. Estalava e soprava fumaça preta que sumiu com a minha marquise, queimando o ar de arder os olhos de raiva.

o meu cachorro ficou raivoso e correu para a boca do bolso para pular sobre os homens de terno preto, mas eu pedi que não, pois sabia que estava cansado. o momento era de assistir ao fogo e deixar que a perda fortalecesse o corpo. com o apetite maior, ele devoraria a todos, não sobrariam nem as pequenas partes, e os dias não seriam mais de fuga e a culpa das fotos seria menor para o que iria acontecer. quando os homens de terno preto voltassem, e eu sabia que logo eles voltariam, o fedor da fumaça já teria desaparecido e um cheiro grosso de sangue estaria no ar, tão claro quanto a lua gorda cheia no céu. aí, eles veriam o que é bom para tosse. que lhes digam o doutor Ivone e a pequena Eugênia.

Este livro foi composto na tipologia Classical Garamond BT,
em corpo 11/15, impresso em papel off-white 90g/m²,
no Sistema Cameron da Divisão Gráfica
da Distribuidora Record.